旅友良言

姚柏良 著

中華書局

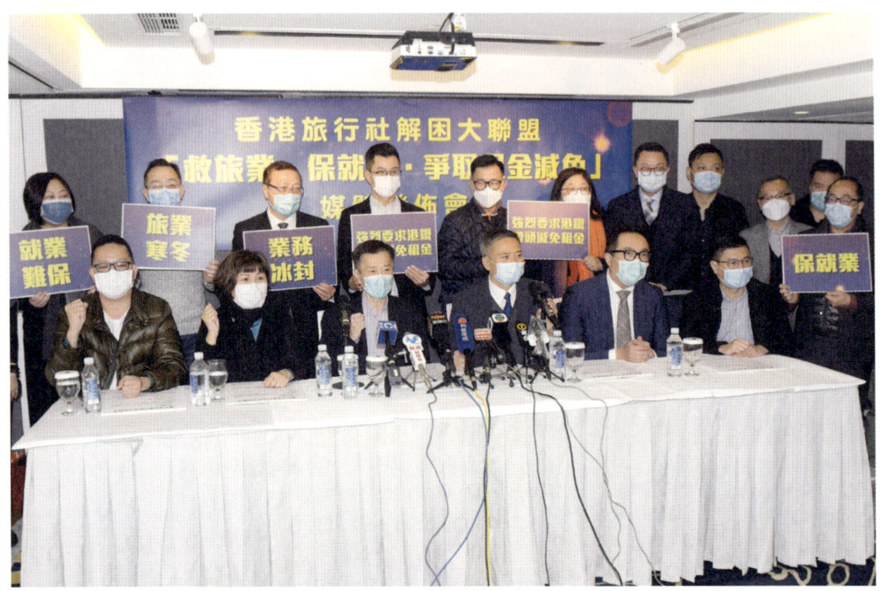

2020 年 2 月 18 日
姚柏良牽頭成立的旅行社解困大聯盟舉行「救旅業‧保就業‧爭取租金減免」媒體發佈會。

2020 年 9 月 22 日
姚柏良在疫情期間積極向政府為業界爭取多輪支援。圖為姚柏良參加「 旅遊界憤怒了」記者會，為業界權益發聲。

2021 年 7 月 20 日
姚柏良組織香港旅遊業界座談會，反映香港旅遊業界對盡快通關的迫切期望。國家文化和旅遊部副部長張旭出席會議。

2021 年 12 月 19 日
姚柏良當選立法會功能界別（旅遊界）議員。

2022 年 5 月 16 日
行政長官當選人李家超與姚柏良等「G19」立法會議員見面，聆聽議員對新一屆政府的意見。

2022 年 10 月 23 日
姚柏良參加新世界維港泳 2022。

2023 年 2 月 2 日
姚柏良參加香港旅發局籌辦的「你好，香港！」啟動禮。

2023 年 2 月 11 日
姚柏良倡議用「旅遊＋」思維打造更多深度遊線路。圖為姚柏良參加由古物古蹟辦統籌的文化飛步遊。

2023 年 6 月 28 日
姚柏良考察高街，發現巴洛克式建築外形的高街立面不對外開放。後經過姚柏良努力，高街立面遊廊正式開放。

2024 年 1 月 3 日
姚柏良考察北部都會區藍綠生態圈。

2024 年 4 月 5 日
姚柏良聯同鄭泳舜和霍啟剛議員舉行記者招待會，發佈運動旅遊聯合倡議。

2024 年 5 月 30 日
姚柏良參加由葛珮帆、陳紹雄及林筱魯議員組成的「智慧生活促進組」所舉辦的「立即啟動本地低空經濟試點項目」記者會。

2024 年 6 月 16 日
姚柏良持續爭取中央多項有利香港旅遊措施。圖為首班香港開往北京的高鐵動臥列車抵達北京西站後，姚柏良和議員同事見記者。

2024 年 6 月 21 日
姚柏良參加香港旅遊界慶祝香港回歸祖國 27 周年暨深中通道率先體驗考察團。

2024 年 9 月 3 日
姚柏良聯同香港旅遊業議會、香港酒店業主聯會、中國移動香港籌辦「智慧旅遊」研討會，以新質生產力助力旅遊業發展。

2024 年 11 月 28 日
姚柏良參加三跑系統啟用典禮，見證香港航空發展步入新里程。

2024 年 12 月 16 日
姚柏良獲「2024 年傑出理大校友獎」殊榮。

2024 年 12 月 17 日
姚柏良舉行市民對香港於旅遊資源意見調查發佈會。

2024 年 12 月 30 日
姚柏良和業界一直要求政府更新《旅遊業發展藍圖》，推動旅業升級轉型。圖為姚柏良參加《旅遊業發展藍圖 2.0》發佈會。

2025 年 1 月 5 日
姚柏良積極爭取高鐵香港段新增「新塘」站點。新站點開通首日，姚柏良聯同香港旅遊業議會以及多個旅行社、酒店和航空業界商會組織「香港旅遊界高鐵新塘考察團」到當地考察。

目錄

第 2 章
戰疫情保就業
救旅業保生存

第 3 章

推復甦拼經濟 振旅業促轉型

第 4 章

心懷家國深情
同心同德同行

推薦序一

在時代的洪流中，總有些人，用筆書寫歷史，用心記錄時代的脈搏。朋友的文集《旅友良言》，正是一部穿越風雨的實錄，更是一份充滿智慧與勇氣的見證。

《旅友良言》的誕生，來自一個極為特殊的時代背景。過去七年，香港旅遊業經歷了前所未有的挑戰。黑暴動盪擾亂了香港的社會秩序，緊接而來的全球疫情更是令本已脆弱的旅遊業陷入冰封的困境。旅遊業是香港的支柱產業之一，與無數人的生計緊密相連。在這場雙重夾擊的危機中，柏良選擇站出來，為旅遊業發聲，為僵局尋找出路。這些文章，凝聚了他對行業的深刻洞察，對未來的冷靜思索，以及對香港的深切情感。

文集中，四個章節分別記錄了他在不同階段的思考與行動。從危機初時的應對策略，到黑暴與疫情交織時的冷靜分析，再到復甦曙光初現時的建言獻策，他的文字始終充滿理性與力量。每一篇文章不僅僅是對現實的反映，更是一份對未來的期許與藍圖。他用文字搭建了橋樑，將旅遊業的困境與希望傳遞給社會大眾，並喚起了業界的團結與自強。

我尤為欽佩的是，他的文章並非僅僅停留在批判與呼籲上，而是深入剖析問題根源，提出切實可行的解決方案。從推動本地遊的創新模式，到倡議各持份者合作的長遠規劃，他的建議既有戰略高度，又具操作性，為香港旅遊業的重生指引了方向。他的文字中，既有專業的理性分析，也有對行業從業者的深切關懷，讓人深受啟發。

《旅友良言》不僅僅是一部關於旅遊業的文集，更是一部關於人性與堅韌的故事。它記錄了一位有責任感的業界人士，如何在困難面前不屈不撓，如何用自己的力量影響身邊的人，如何在風暴中堅守信念，為下一代留下一片希望的天空。這是一個行業的故事，也是香港這座城市的留影。

在翻閱這部文集的過程中，我彷彿看到了那段艱難的歲月，也看到了他如何在迷霧中點亮一盞盞明燈。這些文字，將不僅僅是過去的記錄，也將成為未來的啟示。

在此，我衷心祝賀《旅友良言》的出版，並深信這部文集不僅會引起旅遊業界的共鳴，也會引發更廣泛的社會思考。願更多人從中汲取力量，攜手走向更美好的明天。

譚光舜

香港旅遊業議會主席

《旅友良言》是一部充滿洞察力與實用智慧的文集，記錄了姚柏良議員過去七年來，在香港旅遊業面對黑暴與疫情雙重夾擊下，如何以堅韌與創新，為行業尋找出路、創造生機的歷程。全書共分四個章節，收錄了他在媒體發表的多篇文章，展現了他以冷靜的分析、務實的建議和前瞻的視角，推動香港旅遊業從冰封走向復甦的努力與貢獻。

香港旅遊業是城市經濟的重要支柱之一，長期以來推動經濟增長並創造大量就業機會。然而，黑暴期間的社會動盪和新冠疫情的封關措施，讓旅遊業陷入前所未有的低谷，訪港旅客大幅減少，大量從業者面臨困境。在這樣的艱難時刻，姚議員積極建言，提出了多項切實可行的政策建議，為旅遊業界注入了信心與希望。

在《旅友良言》中，姚議員提出充分挖掘香港「五色」旅遊資源，為行業創造新機遇。「五色」旅遊包括綠色自然生態、紅色歷史文化、藍色海洋活動、夜色觀光體驗以及古色文化古蹟，這些資源展現了香港旅遊的多樣性與獨特性。結合這些資源發展特色旅遊項目，既能吸引國內外遊客，也能全面提升香港作為國際旅遊城市的吸引力。

針對疫情後旅遊業復甦的挑戰，姚議員強調完善旅遊配套措施的重要性，例如改善基礎設施、簡化通關流程和提升交通便利性，吸引更多大灣區及海外遊客來港遊覽。此外，他敏鋭洞察到大灣區旅遊市場的潛力，倡導香港與其他大灣區城市加強合作，通過「一程多站」模式，深化區域聯動，鞏固香港作為大灣區旅遊樞紐的地位。

《旅友良言》不僅展現了姚議員對旅遊業的深厚情懷，還為行業的復甦與長遠發展提供了清晰的藍圖和實用的行動指南。書中智慧與情懷並存，對旅遊從業者、政策制定者及所有關心和熱愛香港的人士都具有重要啟發。

香港正穩步走向「由治及興」新征程。相信《旅友良言》將激勵大家攜手努力，共同推動香港旅遊業再創高峰，讓這座城市重新煥發耀眼光芒！

徐英偉，JP
香港酒店業主聯會執行總幹事

非常高興姚柏良先生結集出版《旅友良言》，並非常榮幸獲邀撰寫推薦感言。姚先生為資深旅遊業從業者，亦是現任立法會旅遊界別議員。自從 2024 年姚先生成為香港機場管理局董事會成員，我和他建立了更緊密的工作連繫，更成為好朋友。

疫情期間香港經歷了前所未有的挑戰，旅遊業面臨巨大的考驗，讓我們更加明白創新的重要性。姚先生的文章深入探討了香港旅遊業面臨的挑戰，同時提出很多有見地的發展方向和富有前瞻性的建議。

《旅友良言》分為四個章節，包括疫情期間旅遊業的困局、疫情中的艱苦支持、疫後推動復甦，以及姚先生對家國感情的文章，每篇文章都是姚先生的經驗之談，充滿了精闢見解，亦滿載姚先生對行業的深厚情感。姚先生分享了在艱難時期的創新思維和實用策略，對同業來說，無疑是鼓舞人心的指引，也為未來的旅遊業從業者提供寶貴的參考。在當前的環境中，僅僅依賴傳統的做法已經不再足夠，這不單適用於旅遊業，香港各行各業，包括我自己所服務的航空業，都需要實踐姚先生所倡導的靈活應對和持續創新，善用香港特色，轉型創新。

期待《旅友良言》在各界引起積極回響，助力香港旅遊業的蓬勃發展，激勵同行者攜手共進，迎接新的機遇。

林天福 GBS，JP
香港機場管理局主席

自序

姚柏良

驀然回首，從我 2018 年開始寫首篇專欄文章算起，轉眼間已過了七年。這些年來，我見證了香港的跌宕起伏，親歷了香港旅遊業冰封、救亡與復甦的歷程，憑服務好業界的初心，為旅遊業找出路、創生機，並且堅持透過專欄文章，記錄下我的所思所想。感謝中華書局的支持，讓我有機會把文章結集成冊，也感激讀者們的一路支持，讓我深受鼓舞。

整理這些文稿時，我百感交集，彷彿坐上了時光快車，與香港旅遊業共榮共生。文章的標題，如《「撐旅業 · 保就業」的持久戰》、《旅業全面投入戰疫》、《2023 拼復甦》…… 正是折射了香港旅遊業所走過的艱難過程。這本《旅友良言》真實記錄了香港從黑暴與疫情的重重挑戰中破局重生，也記錄了經歷《港區國安法》實施與選舉制度完善，帶給香港由亂到治、由治及興的歷史轉折，香港旅遊業得以實現復甦，走向振興。

《旅友良言》共分四個章節，收錄了我過去七年在《晴報》、《am730》及《經濟日報》等媒體刊登的文章。第一章「為旅業解困局 抗疫情拼出路」主要記載黑暴和新冠肺炎疫情雙重夾擊下，為業界救亡解困，我的建言建議。當時，旅遊業務斷崖式下跌，哀鴻遍野，我牽頭成立香港旅行社解困大聯盟，與業界一條心，無畏無懼，為旅遊業發聲，爭取權益，在暗夜時刻，我們心中有光，前行不輟。

第二章「戰疫情保就業 救旅業保生存」集中展示第五波疫情期間，我為支援旅遊業提出的倡議和看法。面對這場生死存亡、持續的無硝煙戰爭，旅遊業進入史無前例的「冰河期」，旅遊業幾近斷氣，我與業界向政府爭取提供支援。旅遊人一路迎難而上，負重前行，希望在暗夜中找到出路，助業界度難關，迎曙光。

第三章「推復甦拼經濟 振旅業促轉型」主要寫下了後疫情時代旅遊業重新起步的艱辛。我全力以赴，與同業肩並肩，拼復甦。其後，在中央政府的大力支持、特區政府和同業的努力下，旅遊業逐漸步向復甦。但鄰近地區競爭激烈、疫後旅客需求急速轉變，我與業界不斷向政府反映訴求，爭取更多有利於旅遊業發展的政策，振旅業、拼經濟、惠民生。

第四章「心懷家國深情 同心同德同行」，則以輕鬆的筆觸，分享我這些年的所見所聞、體驗與感悟，包含對童年、故鄉的回憶等等，希望與讀者共享工作之餘溫馨寫意的時光，有更多心與心的交流。

作為香港四大支柱產業之一，旅遊業對香港經濟的重要性不言而喻。最後要特別感謝譚光舜主席、徐英偉總幹事及林天福主席在百忙中賜下序言。期望《旅友良言》這本書能為關心香港旅遊業的讀者提供有價值的參考，對香港旅遊業有點滴啟發。

祝願香港旅遊業一路陽光！

第1章

為旅業解困局
抗疫情拼出路

旅遊界
和全社會共同抗疫

2020 年的開局堪稱是香港經濟的寒冬。內地爆發大規模新型肺炎疫情，影響香港並蔓延至全球，這對香港經濟而言無疑是雪上加霜。香港政府宣布實施一系列應對措施，包括要求內地政府暫停發出四十九個城市的赴港個人遊簽注；全面暫停高鐵香港段及城際直通車所有班次及跨境海運渡輪、縮減內地一半航班、減少跨境陸路交通班次、關閉多個通往內地的口岸等，藉一系列措施將訪港內地遊客以及其他傳播渠道的風險降至最低。

疫情對香港旅遊業的打擊是全面和沉重的。全體業界同仁積極和社會各界一起上下一心、團結一致抗疫。在業務收入已經大幅減少，世界主要旅遊目的地、客源地對香港沒做限制情況下，顧全大局、犧牲眼前利益，將客人的健康安全放在首位，大多數旅行社主動取消二月份甚至更遠期的出入境旅行團，積極安排退款等善後工作，藉以將客人損失降至最低；主要組團社還主動暫停營業門市。全體旅行社業界自覺抗疫「內防擴散、外防輸出」，體現出對社會負責任、做貢獻的專業操守。

目前，疫情持續發展、未受控制，估計至復活節甚至上半年的旅遊形勢亦未必能有所好轉。香港旅遊業在持續了八個多月的反修例事件沉重打擊下，已經生意慘淡、難以維持，這次疫情災害疊加對旅遊業打擊造成的損失可謂無可估量，將進一步直接威脅到香港接近二十五萬旅遊從業者的家庭生計。

抗疫和紓困應並舉，政府幫助全體旅遊業界戰勝疫情、渡過危機，以及未雨綢繆、災後重建是擺在當前的最緊逼和重要的任務。筆者認為，待疫情受控後，政府除了應有一系列大力度的拯救「組合拳」政策外，針對性還要強、注重實效和效率，避免交功課、走形式和過場，同時政策還應簡單易行，讓大多數有燃眉之急的中小旅遊企業真正受益。

新年歲首，又是一年開端，儘管面對諸多挑戰，勇氣與希望不能缺席，在這裏祝各位讀者朋友新春快樂、平安健康！

2020 年 2 月 6 日《晴報》〈逍姚遊〉

旅行社界的抗疫救亡

近一個多月以來，新型冠狀病毒疫情加重打擊香港、擴散全球多個國家地區。全社會都關注的共同焦點話題是疫情何時結束，各界如何解困救亡。旅遊業界人士認為，就目前香港外遊面臨海、陸、空的三面夾擊，部分國家及地區限制港人入境，航空公司減少或停航多國或地區主要城市 —— 有的延遲至三月底、有的復飛無期，郵輪業務也遭重創停航等，加上近九個月的社會運動持續打擊，旅行社的業務受到巨大影響。旅遊業今年上半年將難以復甦，甚至衰足全年。因此，單靠旅行社業界自身力量難以渡過這個生死存亡的寒冬，實在需要政府和業主伸出援手。

有鑑於此，全港最主要的六個旅遊街區二十多家旅行社自發組成了「香港旅行社解困大聯盟」，以凝聚業界力量，團結一致抗疫救亡，共度難關。大聯盟首先發起了第一階段「救旅業．保就業．爭取租金減免」的行動，就目前共同面臨的最大租金壓力，積極促請政府率先對轄下物業的旅行社租戶免收二月及三月份租金，減收四月至五月份一半的租金，以起帶頭示範作用。

同時，也促請其他業主疫情期間減免同樣租金。期待政府及業主給予支持，以緩解壓力、共度艱難時刻。大聯盟還歡迎更多的業界同仁積極參與，政府和社會給予更多的資源和支持，共同致力於旅業的抗疫救亡以及災後恢復振興。

旅遊業是香港經濟的支柱產業，涉及近二十八萬從業人員安居樂業及家庭生計，是政府及各界同舟共濟的命運共同體，拯救旅遊業是全社會的共同責任。旅行社是旅遊業的重要組成部分，面對疫情，幫助旅行社業界渡過難關，就是保就業、保香港旅業發展。

2020 年 2 月 20 日《晴報》〈逍姚遊〉

「撐旅業‧保就業」的持久戰

面對疫情帶來對旅行社前所未有的困局，儘管政府於上周公布的《財政預算案》為此推出一系列紓困措施，包括派發一萬元津貼、額外撥款予旅發局等等，加上早前特首宣布的「防疫抗疫基金」，政府推出抗疫基金幫助旅行社，對行業有一點幫助，但實質幫助不大。現階段大中小旅行社最期望是有生意可做，可以讓公司繼續運作，保住員工「飯碗」，期望政府想多點支援辦法，幫助旅行社抗疫求存，並促請港鐵等大業主繼續為轄下的旅行社租戶減免租金，紓緩經營壓力。

很多市民均寄望今次可像 2003 年沙士那樣，疫情會隨着春去夏來銷聲匿跡，但跡象表明，天災不但沒有減弱，反而蔓延至全球五十多個國家地區，確診案例不斷出現，此起彼伏，尤以伊朗、意大利和日、韓更為嚴重。世衛組織警告疫情隨時大爆發，全球都要做好準備。春夏交替本應是出入境旅遊高峰期，更為香港旅遊業傳統旺季，如此看來，業界繼續處於水深火熱之中。

繼去年下半年的反修例風波，再加上今年新型肺炎疫情的衝擊，對香港經濟及旅遊業打擊甚深、傷筋動骨。若疫情持續至四、五月，旅遊業的苦況將比二、三月還過之而無不及，旅遊企業無薪假潮、裁員潮等現象就會愈加嚴重。因此，政府和旅遊業都應做好持續抗疫求存的充分準備，打好「撐旅業‧保就業」的持久戰。

旅遊業要戰勝疫情、走出困境，以及災後旅業重振，除了要調整經營策略、開源節流，以及依賴政府持續、因勢利導的政策和資助外，還要依靠旅遊業生態機制實行自救，探究現時的營運模式，發展本地綠色生態遊。旅遊產業鏈的上下游企業，本是息息相關、唇齒相依的共同體，這不僅體現在經濟景氣時期共享成就，同時也應體現在面對旅業乍暖還寒的惡劣環境，借助政府和各界提供更多「及時雨」，共同承擔一份社會責任、同舟共濟、守望相助地走出困境，為旅業提供一線生機。

2020 年 3 月 5 日《晴報》〈逍姚遊〉

救旅業
需助解資金之困

年初爆發的新冠肺炎疫情，導致香港出入境旅遊全面停擺。旅行社一方面要不斷應對大量的退款，另一方面，隨着疫情不斷在全球蔓延擴散並進一步惡化，港府已對所有海外國家地區發出紅色外遊警示，所有外國抵港人士均須接受十四日強制隔離醫學監察，換言之，復活節甚至上半年，本港旅遊業務歸零。在此危機形勢下，業界普遍面臨嚴峻的資金短缺困難，急需政府資金拯救及金融機構伸出援手。

針對紓緩中小企業持續抗疫資金周轉困難，政府於早前《財政預算案》中宣布，將在中小企融資擔保計劃下推出「百分百擔保特惠貸款」，由政府作擔保提供貸款。但是，基於諸多限制及行政流程，如順利通過立法會財委會撥款，最快仍要在四月才能推出，這遠不能拯救中小旅遊企業對資金需求的燃眉之急。

有鑑於此，除要求政府加快進度外，我與一眾業界代表亦在二月主動約見中銀香港，希望他們在政府「百分百擔保特惠貸款」落實推出前，能率先對旅遊中小企業伸出援手。上周五，中銀香港代表應邀出席「旅遊業界中銀抗疫專項貸款簡介會」，現場講解貸款計劃及解答業界提出的諮詢。

「救旅業．保就業」是一場持續的無硝煙戰爭，疫情不消，抗疫就不能停止。針對旅業刻不容緩的抗疫救亡，現階段，為解旅業資金之困的燃眉之急，除金融貸款支援外，建議政府活用手上資源，盡快簡化「旅行社鼓勵計劃」及「綠色生活本地遊鼓勵計劃」申請手續，考慮直接將款項派發給業界；同時，在防疫抗疫基金中，增撥資金向業界提供租金補貼和為從業人員生計提供支援。

疫情猛於虎，未來的四至六月，防疫抗疫形勢依然嚴峻，不容鬆懈。旅遊業需要政府及相關各界持續的紓困措施支持和守望相助，同舟共濟，才能渡過這次天災難關。

2020 年 3 月 19 日《晴報》〈逍姚遊〉

第二輪紓困刻不容緩

香港旅遊業面對突如其來的新型肺炎疫情，及持續了八個多月的社會事件均對本地旅遊業造成雙重打擊，香港旅行社解困大聯盟本着「救旅業．保就業」的宗旨，積極代表業界向政府、各業主以及金融機構爭取寬免二至三月租金、推出中小企抗疫專項貸款計劃以及便利服務等措施，得到相關機構的積極回應及支持。

踏入四月，新型肺炎疫情愈演愈烈，目前全球超過二百個國家和地區受到影響，確診人數已超過七十三萬，情況還在日益加劇，旅遊界的營商環境也更加惡化。多項國際及本地賽事已宣布延期舉行，包括原定於今年暑假的東京奧運，香港也先後取消和推遲六月份的國際龍舟邀請賽和國際旅遊展。現階段因各國及本地出入境預防措施下，各項出入境旅遊及商務展覽料難於第二季度內全面恢復正常，香港旅遊業仍將飽受史無前例的全面停業、顆粒無收的煎熬，較二至三月的困境更有過之而無不及。

有見及此，四至六月的「救旅業．保就業」的持續抗疫仍然是關鍵期，刻不容緩，不容鬆懈。為此，我與業界同仁致信予特首和財政司，要求政府進一步加大對旅遊業的紓困措施，協助從業員和企業渡過難關；請求外交公署協助安排滯留海外的港人盡快回家；向相關業主提出繼續寬減四至六月租金的訴求等等。

疫症無情，人間有情，面對這場生死存亡、持續的無硝煙戰爭，旅遊業的抗疫求存關乎到數十萬人的家庭生計。第二輪紓困措施刻不容緩，這關乎到香港旅遊業的未來，期待政府、相關業主以及全社會繼續給予關懷和支持，共同渡過這次難關。

2020 年 4 月 2 日《晴報》〈逍姚遊〉

救救旅遊業
救救香港！

「日子太難捱，最多再撐一個月」。這是我剛和一家中小旅行社同行好友飲茶後印象最深的一句話。晚上八點半，往常人潮湧動的銅鑼灣街頭卻出現僅零星商舖營業，遊人幾未可見的末日景象，陰雨連綿，讓人禁不住一聲嘆息。

旅遊業的苦日子從去年下半年開始，接連不斷的暴力活動破壞了往日的安寧，九月入境遊下跌近八成。本想藉着春節旺季一掃陰霾，結果又趕上新冠疫情。本想捱到六月左右疫情過去逐漸恢復元氣，誰料疫情開始在全球肆虐，本港及外遊全面停滯。接二連三的打擊之下，香港旅業進入史無前例的「冰河期」。

全港近一千七百家旅行社處於「停業狀態」，大量旅行社從業人員、領隊、導遊「無工開」。「零收入」的情況下，公司的租金、人工重壓還在，減薪裁員的無奈之舉頻現。年初以來，我和「旅行社解困大聯盟」的同仁們走訪近百家旅行社，業界同仁個個愁眉苦臉，幾乎都在咬牙苦撐。

其實旅業冰封，受影響的何止這幾萬人呢？與旅業息息相關的酒店住宿、餐飲、零售等行業，吸納了近二十萬就業人員，是港人重要的生計飯碗。二月香港失業率已經升至百分之三點七，十三萬人丟掉工作，零售業總銷貨值同比大跌四成四，酒店入住率跌至二成九，一千多家食肆關門，這些讓人心驚膽跳的數字充分説明旅遊業對香港經濟、香港民生的重要地位，正所謂「旅業衰、百業衰」。

旅遊業開門揖客、吸引全球客源來港，亦是成就香港國際都市的重要支撐。旅遊業全面停擺，市面一片蕭條，造成香港困城孤島的負面形象，正所謂「旅業衰、香港衰」。

旅行社解困大聯盟就是在這種艱難時刻成立的，二月以來，我們反覆呼籲「救旅業、保就業」，為業界奔走疾呼，包括向特首、財政司司長、運輸及房屋局局長等各方面請願陳情，開展旅遊街「熄燈」行動向地產商爭取寬減租金，爭取中銀香港推出「旅遊業界中銀抗疫專項貸款」緩解資金壓力，向特派員公署陳情幫助滯留境外的港人安全返港……

寒冬中不乏溫暖。特區政府為我們發放了八萬元「救命錢」，李嘉誠基金會為我們準備了五萬元的「應急錢」，招商永隆、港鐵紛紛減租，這些措施為我們贏得了稍許喘息時間。但隨着疫情在全球的氾濫，業界估計，如再無強力救援，四月有極大可能爆發裁員潮。

我和解困大聯盟的同仁們愈來愈強烈地意識到，生死關頭，要保命，只有這些還遠遠不夠！於是我們再度呼籲政府急業界所急，為旅遊業加推十億元救助金，為從業員發放三個月補貼金。懇切希望港鐵等地產商繼續寬減租金。

生死關頭，一損俱損，惟政府、社會各界同心協力，全力救旅業、促就業，才能團結求存、共渡時艱。

今時不同往日，回顧 2003 年 SARS 後中央開放「自由行」迅速重振香港經濟的奇蹟，類似的政策已不可能、也無空間再推出了。那麼災難之後，如何重生？

反覆思索，我想，恐怕固本培元、引入「活水」才是未來的旅遊業發展的可取之策。我們需要一個平和安全的社會環境改善香港形象，加強宣傳，吸引八方來客；我們需要特區政府大力支持，推動旅遊業轉型升級，將旅遊業的長遠發展列入港府重要規劃；我們更需要中央政府和內地的資助、支援！

從事旅遊業十多年，我從未經歷過今年這般慘烈的境況，旅遊業能活，香港經濟就能活，香港市民才能活，讓我們一起守望相助，救救旅遊業！

2020 年 4 月 7 日《星島日報》

解困仍須努力

若要用幾個字來形容此時此刻的香港旅遊業，那便是「瀕臨絕境、前所未有」。在我從業生涯中，從未見過如此難捱的時刻 —— 去年的社會運動讓本港入境遊已十分困難，開年疫情來勢洶洶，出境遊又陷入泥潭。原本預計三至四月疫情好轉，哪知國際防疫情勢大變，輸入型個案不斷攀升，港府發布紅色外遊警示，旅遊業無工可開，徹底「冰封」。香港成為全球罕有的，既面臨社會運動壓力，又經歷了內地及海外病例輸入雙重大考驗的地區。

艱難至此，唯有互助。我於二月牽頭成立凝聚全港骨幹旅行社力量的香港旅行社解困大聯盟，尋求自救方法，促成業界溝通和共識；為爭取跨行業支持，自二月起我和聯盟代表奔走疾呼，表達業界苦況及訴求，先後向各大業主、特首、財政司司長請願、陳情。日前，政府宣布新一輪紓困措施，較第一輪更為全面，業界群策群力、集思廣益提出的部分訴求得到正面回應。

然而，在寸金尺土的香港，旅行社其中一大開銷 ——「租金」，仍是讓許多業內人士夜不能寐的心頭之痛。新一輪紓困措施，政府雖然帶頭提高四至九月的政府物業租金寬免幅度至七成五，但政府亦要大力推動港鐵和各大業主體恤業界的艱難情況，為租戶提供減租。現時只有商舖有逐月推出有限減幅，大部分寫字樓租戶都未獲減租，因此旅行社仍面對巨大租金壓力！

這個春天，旅遊業沒等到回暖，業界甚至估計，疫情影響將持續半年，傳統旅遊旺季暑假都難以辦團，能否在年底回復，仍然難以預測。此種情形下，對待旅遊業這個特困行業，還望港鐵和各大業主多體恤，助旅遊業解困，保住旅遊業從業員的飯碗！

2020 年 4 月 16 日《晴報》〈逍姚遊〉

最大化五十萬張機票復甦功效

機管局日前宣布動用十億元向本港四間航空公司預購約五十萬張機票，為航空公司注入流動資金，支援航空業。儘管具體發放規則還未正式公布，但是這背後正正孕育龐大的復甦生機，令人振奮！在旅遊業界「冰封」之際，哪怕業界從中只分一杯羹，都將成為香港整個旅遊業重啟的絕佳契機！我建議，機管局應與旅發局、旅行社、酒店業、景點等旅遊業持份者攜手合作、制定策略，將五十萬張機票視為旅遊業再出發的起點，吸引市民外遊、旅客訪港，幫助旅遊業走出谷底。

本港旅遊業打擊接二連三，反修例風波、疫情衝擊、各國限令，一浪接一浪。為防控疫情，旅遊業被按下「暫停鍵」，運力迅速減少，人流中斷，市民不能出遊，遊客不能訪港，而且愈來愈多的市民對未來旅行的安全，感到疑惑、擔憂，出遊意慾受影響。向來「看天吃飯」的旅遊業曾採取多種手段自救，卻受各國出入境限制和本港限聚令影響，生存空間十分逼狹。

具體來説，旅發局、酒店、景區、旅行社、航空公司應乘勢而為，協同合作，一方面將機票與本港宣傳推廣捆綁，刺激海外遊客訪港意慾，激活本地遊市場；另一方面將機票打包進入外遊旅行團及套票產品，對本港市民出行需求進行精準營銷。通過不斷調整、優化營運模式，聯合包裝、宣傳產品，將各方效益最大化，構建本港旅遊生態圈，恢復市場信心，從而把五十萬張機票的復甦功效發揮到最大。

誠然，疫情防控與旅遊復甦之間關係微妙，需有智慧地應對，才能實現完美平衡。漸次開放客源地及目的地市場，在控制輸入病例、保障外遊安全的前提下，實現「多贏」，這既是旅遊業的挑戰，亦是全港市民的試題。

2020 年 5 月 7 日《晴報》〈逍姚遊〉

亮「碼」通行
推動粵港澳互通

隨着疫情放緩，珠澳兩地已於近日落實核酸檢測結果互認、粵澳健康碼互認，取代強制居家隔離，成為逐步恢復珠澳兩地人員往來的利器之一。香港應借鑑珠澳兩地做法，積極與廣東省、澳門磋商，放寬邊境檢疫，推動粵港澳三地互通，解決市民切實的跨地公幹、求學、探親等日常需求，為日後三地開通「泡泡遊」先行先試。

今年二月，健康碼落地內地部分城市。因其零接觸、無紙化、一人一碼、一碼複用等特點，較傳統防控手段高效不少，內地多個省市迅速對接健康碼互認，有效推動疫情防控和復工復產。五月初，澳門啟用「澳門健康碼」，隨後與「粵康碼」互認，配套的核算檢測費用僅需一百八十元，檢測結果珠澳兩地互認，既簡化了出入境流程，又照顧到市民的經濟承受能力，堪稱德政。

疫情自農曆新年爆發以來，持續至今已有三個多月，為防控疫情，各地紛紛採取嚴厲的人員往來、社交距離管制，經濟承受打擊。粵港澳三地向來交往頻繁，疫情按下暫停鍵，三地市民生活被極大影響，需頻繁穿梭兩地生活的人士更是首當其衝。隨着疫情趨緩，三地點對點應用健康碼實現無縫對接閉環管理，分階段有序放寬人員往來，時機已到。

東歐「波羅的海」三國仿效澳紐，於上周五起互相重開邊界，三國居民可在「旅遊氣泡」內自由往來，重啟特定區域內旅遊業，值得粵港澳三地仿效。三地可互為「旅遊氣泡」，搭建粵港澳「氣泡走廊」，互認健康碼，這既迎合市民的逼切需求，亦給冰封的旅遊業界帶來曙光，更是創新三地治理、建設智慧城市的絕佳契機。

2020 年 5 月 21 日《晴報》〈逍姚遊〉

崖邊的海洋公園
香港旅業縮影

作為旅發局向全球遊客推薦的香港「十大景點」之一，海洋公園的去與留，熱爆全城。各方皆持理據，贊成者大多不捨那一份屬於香港人的「集體回憶」；反對者則擔心先例一開，從此跌入無底深潭。但是，如果我們跳出來看，海洋公園的輝煌與困境，難道不是香港旅遊業今日現狀的縮影？

筆者認為，當前香港旅遊業正面對三重挑戰。

第一重是全球新冠肺炎疫情。疫情蔓延，各國遊客無不望而卻步，全球旅業就此陷入停頓。疫情之後又如何？無論是官方的分析還是業界自己的研判，都充滿着濃濃的寒意。即使樂觀估計，旅客最快也要第四季起開始外遊，而以往的旅遊方式必定隨之改變，周邊短途旅程可能大行其道。也有很多專家預測，這場疫情很可能會捲土重來，甚至長期與人類共存，那麼全球旅遊業的生態必然會被改變。最近一段時間，媒體熱議的「氣泡旅遊（travel bubble）」（即一些疫情相對緩和的國家聯手結集成「氣泡」，互相開放旅遊，「氣泡」以外的人入境時則須檢疫隔離）就是業界面對新環境的突圍之舉。我相信，疫情常態化也將會逼使業界不得不創新求存。這是業界之危，而危中同樣暗含生機、商機。

第二重挑戰是周邊激烈的競爭格局。以海洋公園為例，此次被人詬病的「過山車」等「高科技刺激遊樂設施」，即面對着同城迪士尼樂園和鄰近的廣東長隆度假區競爭；而海洋館等傳統遊覽項目，顯然也落後於隔海相望的珠海長隆度假區。長隆海洋王國每年有過千萬人次入場，已是全球最多人去的十大主題樂園之一，且仍然不斷推出多種吸引遊客的舉措，如長隆海洋科學樂園集珍稀海洋生物展覽、環保科普保育、大型演藝節目和互動遊樂設施四大綜合性功能於一體，是目前全球最大規模的室內海洋科普主題樂園。

類似長隆這樣主題樂園，在香港周邊並非孤立的個案。事實上周邊地區無不鋭意推動旅遊業發展，加強基建，不斷創新，熱情吸引海內外遊客。香港正如逆流行舟，不進則退。以疫情爆發前的農曆新年為例，內地遊客出遊的短程熱門目的地是芭堤雅、曼谷、東京、大阪及芽莊，長程則為羅馬、巴黎、威尼斯等地，昔日大熱的香港早已跌出熱門榜。

第三重挑戰是香港自身的社會事件。從口口相傳的「東方之珠」到頻現報端的「暴力之都」，短短半年時間，香港的好客形象已被顛覆。有研究認為，旅遊消費者的心理變化一般會經過認知、情感和意志三個階段。香港的社會事件會令內地遊客的心理過程發生如下變化：先產生負面的認知 —— 有人捱打捱罵，接着催生消極的情感 —— 擔驚受怕，最終意志決定行為 —— 離開或再也不來。在未來的日子裏，一旦社會事件重新升溫，內地遊客又怎會重返香港呢？

疫情改變世界的整個面貌，傳統的旅遊模式正在經歷劇變。周邊地區的旅遊同業不斷創新，各種挑戰來勢兇猛，而香港卻自困於內，街頭又開始躁動不安，着實令人心焦。今時今日，在懸崖邊緣惴惴不安的，不僅僅是海洋公園，而是整個香港旅遊業。

旅遊業是香港四大經濟支柱產業之一，對 GDP 的直接貢獻大約在百分之五左右，但是，它對其他行業有明顯的直接和間接帶動作用，不僅僅是我們所熟知的酒店、旅行社、餐飲、交通等等，還包括物流、廣告、傳媒等等。更重要的是，旅遊業能夠創造大量就業機會，是就業人口的蓄水池。世界旅遊組織研究報告指出，旅遊業每增加一個從業人員，相關行業就增加五個就業機會。

因此，香港旅遊業的問題，不僅僅是海洋公園去與留的問題，也不僅僅是二十多萬從業人員的生計問題。它關乎你我身邊人的生計，更關乎整個城市的未來。

香港旅遊，未來何去何從？如何重振競爭力？如何重樹好客之道？如何創新發展？這值得每個香港人深思，值得展開一場大辯論。

在中國人的傳統智慧中，危與機從來是相輔相成的。香港又能否浴火重生？

2020 年 5 月 22 日《經濟日報》

有聲有色本地遊
須破三大迷思

港府不得不延長實施包括限聚令、入境強制檢疫等在內的控疫措施，對翹首期待探親、出遊的廣大市民和本已陷入寒冬的旅遊業界，猶如晴天霹靂，曙光頓成泡影。儘管政府向業界透露，和澳門、內地互認健康碼快將落實，「旅遊氣泡」最快有望九月前啟動，但業界要突破困境，不能就這樣等運到，必須面對現實。激活本地遊，既讓旅遊業「熱身」，又讓被困愁城的市民在本港找到「在別處」的旅行感受，確為雙贏之舉。

不過，筆者認為，本地遊要真正做到有聲有色，我們尚須擺脫三大迷思。

第一個迷思：我們很了解香港，本地遊不外乎是跨區逛街、郊外聚餐。

其實，大多數市民並不真正了解香港，既不了解香港的山與海，更不了解香港的過去。有多少市民真的在海下灣看過珊瑚礁，又有多少市民曾經到過沙螺洞看螢火蟲？當你在屯門黃金海岸看海景、品海鮮的時候，可知這裏早在南北朝時期已有重兵把守，在唐代更是廣州對外貿易的海船進出必經之地！「屯門積日無回，滄波不歸成踏潮」，當風球掛起，又有幾位市民能想到唐代名家劉禹錫寫一千二百多年前的這句感懷呢？我們每天在這座城市匆忙走過，隨時可能掠過的是千年歷史的風塵 —— 一百七十二個一級歷史建築、三百三十五個二級歷史建築、四百九十二個三級歷史建築、一百二十六項法定古蹟、六條文物徑，你又曾經去過哪些？

只要用心探尋，你會在熟悉的地方發現一個完全陌生的香港。

第二個迷思：本地遊就是自由行，只要三五好友約起即可成行，既不必參團，更不必交由旅行社安排。

旅遊從來豐儉由人，自己出行不是不可以，但是如果能夠善用業界的專業服務，無疑會令你的本地遊更加難忘，真正不虛此行。經營本地遊的旅行社，有不少旅遊專業人才，他們至少能夠在以下三個方面成為市民出行的最好幫手。其一，他們可根據市民的自身情況和特殊需要，度身訂製行程，最合理化地安排時間和行程，讓大家既玩得開心又玩得輕鬆。和家人一起尋幽探秘，既感受驚喜，愉悅心情，又善用金錢和時間，豈非樂事？其二，他們能夠安排專業導賞，讓你看到你自己出行時看不到的東西，在巷弄發現歷史，在海灘親近自然。其三，他們能夠安排一些體驗式、參與式的旅遊項目，包括親子項目。法國作家普魯斯特曾說過，「真正的發現之旅，不在尋找新風景，而是擁有新視野。」專業的本地遊旅行社就有能力為你打開新視野。

第三個迷思則涉及政府角色，如何看待本地遊，會否有額外資源投入鼓勵和推廣，以及由誰牽頭帶動，如何與業界合作。

毋庸置疑，旅遊業界和政府相關部門一直以來的慣性思路就是把資源主要投放在海外市場和內地市場，以吸引更多的外地遊客來到香港。疫情爆發之前，這一思維並無問題，但殘酷的現實是，疫情改變了一切，特別是很可能會常態化。遠的不說，七八月旅遊高峰期的入境遊形勢毫不樂觀，即使我們投放再多資源，能夠產生的實際效果也會大大延後。一方面，業界求生亟需本地遊「造血」熱身，另一方面，做好具特色的本地遊，亦可為海外旅客帶來新體驗，為日後的業界復甦做好準備。

可是，政府對鼓勵市民參加本地遊，如何帶動業界參與，宣傳推廣的資源投入，目前仍處於「政出多門」的狀態。新任民政事務局局長徐英偉最近表示，當局正考慮打造深度文化體驗，吸引本地旅客；環保局早前推出「綠色生活本地遊鼓勵計劃」，會將資助額增至一億，鼓勵本地綠色旅遊；商經局及旅發局也將推「旅遊・就在香港」，刺激本地消費。

政府希望推動本地遊的舉措值得肯定，但本地遊應由誰牽頭帶動和協調，有沒有新增的資源投入，如何鼓勵業界參與，提出新的產品，令本地遊能帶動業界各環節的業務，包括旅行社、酒店、餐飲、旅遊巴等等，發揮本地遊的最大效益，是業界非常關心的，並且期待商經局和民政事務局等政府部門，有更緊密的合作。事實上，作為四大產業之一，旅遊業未來是否應該建立一個高層次的架構，加強整體統籌業界的發展，處理好「政出多門」的問題，長遠而言是應該深入探討的。

發展本地遊，從市民到業界包括政府部門，都要首先破除三大迷思。疫情不僅顛覆了我們慣常的生活方式，而且正在重塑旅遊業界的生態，更是旅遊業管理、發展的大挑戰，同時也是我們不得不創新開拓的機會。

香港，準備好了嗎？

2020 年 6 月 12 日《經濟日報》

助業界解困
須三管齊下

全球疫情看似緩和，恢復經濟措施陸續出台，可惜近日疫情反覆，部分地區更可能出現第三波衝擊。無庸置疑，在未來一段時間，疫情將成為常態化。受疫情首當其衝的旅遊業，恐怕將不能避免地成為最遲復甦的經濟板塊。因此審時度勢，政府在籌劃未來經濟復甦的政策、措施及評估時，必須把佔大量勞動人口的旅遊業及相關行業的復元速度，納入評估範圍，否則只會淪為失焦、失速、失衡的政策制訂。依筆者愚見，旅遊業界解困，必須三管齊下。

第一，是持續防疫抗疫的支援。政府兩輪防疫抗疫基金為業界提供及時雨，但疫情影響比預期大。故此，筆者一直要求，政府應盡快將第二輪基金未用盡的二億六千萬元，用作直接補貼業界。另外，政府也要考慮勞動市場的需要，對部分如旅遊業般的特困行業，推出第三輪防疫抗疫基金。

第二，是拆牆鬆綁，擴大本地旅業務。隨着限聚令放寬，政府的綠色生活遊資助加碼，不少旅行社陸續推出本地遊產品。台灣近日積極推動郵輪本地遊，成為疫情下第一個讓郵輪復航的地區，反應踴躍，可見公眾對郵輪遊日漸恢復信心，值得借鑒。

日本對東方公主號處理失當，令人對郵輪存在誤解。其實大部分的新郵輪，設有新鮮室外空氣循環系統，空氣由戶外抽入再排出船外，不會在船內循環，確保空氣新鮮。筆者相信，只要做好防疫措施，限制載客量，在郵輪上玩樂的風險不會比日常生活高。政府應積極考慮，允許郵輪公司舉辦只接待香港旅客的公海遊，擴大本地遊市場，滿足暑假期間龐大的外遊需求。

第三，是盡快通關。本地旅始終市場有限，難以支撐大部分旅行社的營運。要讓業界見到復甦的曙光，政府必須落實一套收費合理、檢測方便的健康碼制度，盡快恢復港澳及廣東省的往來，重啟大灣區內旅遊，讓旅遊業務得以真正起步。

2020 年 7 月 9 日《晴報》〈逍姚遊〉

如何為特困行業解困？

受疫情影響，很多行業都受到打擊，但嚴重到「連一蚊生意都做唔到」，恐怕非旅遊業莫屬。

早在去年下半年受到社會事件影響，入境旅客已急降將近四成。在疫情爆發後，旅客人數減少百分之九十九點九。在第三波疫情的限聚令下，連僅有的香港本地遊業務也辦不下去。業務陷入冰封，旅遊業彈盡糧絕，已不必贅述。

大部分行業在政府放寬防疫措施後可即時重啟業務，受惠於顧客的報復式消費，但旅遊業只能羨慕，全球疫情未退，出入境限制難以移除，旅客恢復信心需時。就算是最樂觀的估計，國際航班要明年第二季才有機會回復正常。

所以，在眾多受疫情影響的行業當中，旅遊業是最早受影響、打擊最深、最遲復甦的行業，是鐵一般的事實，但政府，卻看似不懂。

筆者多次向政府反映，要求推出第三輪紓困措施，給予每間旅行社最少十萬資助，讓大部分旅行社撐多半年。可惜的是，政府在第三輪防疫抗疫基金，雖說是支援「最困難的行業」，但對於旅遊業界的支援卻大幅縮水。在聲稱的二百四十七億基金中（其實當中有一百三十億用作購買疫苗），只給予旅遊業界三億九千七百萬元。當中包括一千七百間旅行社，兩萬名從業員和三千四百名司機，航空公司的三十多架飛機，酒店業和郵輪業更是零支援。這些措施，談何為特困的旅遊業解困？

不少業界人士質疑，政府過去救海洋公園撥款五十四億、救國泰注資二百七十三億，但今次整個旅遊業的支援，只得三億九千七百萬，是完全離地的施政。事實上，今輪基金大部分中小旅行社只能收到五千至二萬元的資助，連一個月租都交不到！有些朋友説，對政府死心，這五千蚊，送回給政府算了。

有同業批評，政府是想將旅遊業逼上絕路，見死不救！要回應這些質疑，政府必須亡羊補牢，增加支持的力度，挽回旅遊業界對政府的信心，這才是有為政府的所為。

2020 年 9 月 24 日《am 730》〈旅友時評〉

張弛有度
還是雙重標準

香港第三波疫情有所緩和，早前政府逐步放寬防疫措施，康文署場地、宗教場所陸續開放。一些之前被視為高危的場所，例如酒吧和卡拉 OK 也恢復營業。各行業稍見起色，唯獨旅遊業，仍然是死水一潭。

本地傳播鏈仍然未斷，健康碼互認好事多磨，粵港澳的交往未能打通，「旅遊氣泡」恐怕只是旅遊泡沫。出入境未能如願開通，無可奈可，本地遊就成為旅行社的唯一業務。

可是，在四人的限聚令下，本地團根本無利可圖。業界仍然絞盡腦汁，不求盈利，只求與客戶維持關係，嘗試舉辦一個導遊帶四名旅客，即所謂「1+4」的超小旅行團，但食衛局最近通知業界，這是違反規定。

更令人摸不着頭腦的是，就算旅行社嚴格按照防疫要求，辦本地團時分四人一組，用餐是四人一圍，確保不會違反限聚令，但由於旅客乘坐的交通工具，聚集時有觀光的共同目的，所以不獲「交通運輸群組聚集」豁免。難道坐旅遊巴去景點，會比坐其他交通工具有更高風險？難道政府開放的海洋公園、迪士尼不屬於「觀光旅遊」同一目的？難道四人飲茶除去口罩，會比「1+4」的超小旅行團更安全？這些措施不是張弛有度，而是雙重標準，邏輯混亂，令人啞然！

食衛局要真正做到張弛有度，應該與業界商議，參考放寬其他處所的做法，在限聚令第 599G 章的精神下，檢討放寬限聚令和食肆人數限制，給予本地遊活動適當豁免，尤其是給予旅遊巴和遊船可獲「交通運輸群組聚集」豁免，為本地遊的集合和行程安排作彈性處理，讓業界在做足防疫措施的前提下，盡快可營辦三十人左右的本地遊，為旅行社爭取更多時間等待出入境業務復甦，給予業界小小的營運空間。

2020 年 10 月 8 日《晴報》〈旅友良策〉

推廣重要過拯救旅業？

政府施政的離地程度，往往令人摸不着頭腦。

香港政府與新加坡政府達成旅遊氣泡協議，旅發局亦計劃啟動連串推廣活動，在全球多個電視及網上頻道，播放疫情前來港拍攝但仍未播出的香港旅遊特輯，宣傳香港美景。這些措施，是為香港打通旅遊氣泡的一小步，是業界在寒冬中的罕有喜訊，但具體落實仍需時間，實際需求有待觀察，這更不可能成業界的救命草，救助奄奄一息的旅遊同業。

面對持續的零業務，第三輪防疫抗疫基金的支援只是蜻蜓點水，保就業計劃又即將屆滿。業界的調查指出，分別有八成旅行社和七成的酒店表示會裁員，當中六成旅行社表示會裁減四成以上人手。如果政府不能增加支援，大規模裁員潮避無可避。

財政資源有限，政府經常掛在嘴邊，筆者亦認同要善用公帑，但政府有善用發展旅遊的撥款嗎？政府在財政預算額外撥出七億九千萬元給旅發局，在疫情過後加強對外推廣，加上在 2019/20 年度未用約二億五千萬餘額，粗略估計有十億元。全球疫情反覆，最樂觀估計，在明年第二季才有機會恢復較為正常的國際航班，任何大規模的國際宣傳，都是「浪費子彈」。

整個業界已陷於危急存亡，政府此刻高調宣傳「成功爭取」與新加坡的旅遊氣泡，旅發局加大宣傳香港旅遊，彷彿與垂死的業界活在另一個平行時空。不先救香港的旅遊業，保就業，而將錢花在現時成效不大的宣傳上，這又是否善用公帑？

所以，政府最起碼應從旅發局的宣經費中撥出三億元，撥作直接資助和拯救旅遊業界，並且為如旅遊業般的特困行業延續保就業計劃，才是貼地施政。否則，當整個旅遊業產業鏈受到破壞，大量人才流失，香港的旅遊業務難以重啟，旅發局再好的推廣計劃將會是徒然。

2020 年 10 月 21 日《am 730》〈旅友時評〉

特困行業需特事特辦

去年社會運動和今年疫情的雙重夾擊，旅遊業不斷萎縮，是名副其實的特困行業！旅遊業所有持份者都面臨巨大的經營壓力，在生死邊緣掙扎求存，繼航空公司做出無奈裁員決定後，相信酒店和旅行社也會相繼作出別無選擇的調整。

早前香港旅行社解困大聯盟向業界作問卷調查，當中有百分之八十一點五受訪旅行社、百分之六十八受訪酒店表示一定要或好大機會要裁員。高居不下的本港失業率勢必持續攀升，創十六年來最高。第二期保就業計劃將於本月底完結，但政府無意推出新一輪支援計劃，無疑將本已奄奄一息的旅遊業界直接推向鬼門關，面對如此嚴峻的危機，政府豈能掩耳盜鈴？

業界不想坐以待斃，積極想方設法自救。我近期就與旅遊事務署開會，提議借鑑台灣、新加坡等恢復區域郵輪的應對措施，盡快重開郵輪碼頭，允許郵輪舉辦本地市民公海遊，為市民周末出遊提供多一個選擇。同時向旅遊事務署反映，不少同業六、七月申請的「綠色生活本地遊鼓勵計劃」至今仍未收到資助，望盡快審批並做適當加碼。

旅遊業因就業形式多樣，能吸納大量基層勞動力，堪稱百業之本！但現在旅遊業是實打實的特困行業！即使港星旅遊氣泡能成事，本地遊能進一步放寬，都只是為業界提供熱身機會，距離復甦仍有相當距離。最大規模的內地出入境市場，何時通關沒有時間表，旅遊業界自救現可做的實在不多，政府除加快恢復經濟活動盡快恢復通關外，須針對性支援垂危的旅遊業，以助渡過難關。

八月，新加坡政府推出次輪保就業計劃，支援總額加碼至八十億坡元（約四百五十億港元），延長薪金補貼七個月，其中航空、旅遊和建造行業，薪金補貼比例高達五成。而英國政府亦推出新一輪的保就業半年計劃，涉一百億英鎊（約一千零十四億港元），更會下調服務及旅遊業增值稅至明年三月底，以示對重創行業的支援。

誠然長貧難顧，每個國家或地區的公共資源始終有限，但特困行業需特事特辦！政府大可參考有關國家做法，按行業受創程度提供不同支援，措施攻守兼備，鼓勵企業留住人才，既能解決民生，亦能提升自身妥善分配資源的管制能力。

2020 年 11 月 5 日《am 730》〈旅友時評〉

支援旅業，辦法總比困難多！

旅遊業界陷入寒冬，旅行社正在掙扎於要求職員停薪留職或是結業之間，極需政府伸出援手，奈何政府決意拒推第三輪保就業計劃，更多次公開表示，已投放不少資源支援旅遊業，企業生存不能長期依賴政府的資助。政府的冷漠態度無疑令在死亡邊緣的業界非常氣憤！

我同意，任何行業都不應該依賴政府長期支援，但作為納稅人和旅遊業的一分子，我們有權要求政府推出良好的政策、有針對性的措施，協助其中一項支柱產業，亦是在疫情中被公認最受打擊的旅遊業，渡過前所未有的難關。

在第一輪防疫抗疫基金，政府為旅行社提供八萬元資助，是業界的及時雨，得到大部分業界認同。可是，當業界愈來愈困難，政府的支援卻相反。在第三波疫情爆發後，連迷你本地團也無法舉辦，但在第三輪基金中，大部分旅行社只收到五千至二萬元，同業都在慨嘆，資助是蜻蜓點水、杯水車薪。

政府正想透過本地遊、旅遊氣泡和降低檢測費來協助行業復甦，這些工作值得肯定。但本地遊連「吊鹽水」的作用都不夠，新加坡的旅遊氣泡也只是試驗品，不是救命草。業界最期待的健康碼通關，以現時的疫情來看仍然是不知何期。第三輪保就業計劃即將屆滿，要為旅遊業止血，避免裁員倒閉潮出現，其實不是沒有辦法。

現政府有兩筆與旅遊相關資源可以考慮，一是旅遊業賠償基金，二是旅發局的宣傳經費。業界一直有聲音，要求政府撥出部分賠償基金資助業界，但政府以修改基金用途需要立法會修例通過為由，難以成事。另外，旅發局積存了近十億的宣傳費，當業界生存都成問題，花費宣傳有如倒錢落海，動用宣傳費來資助業界，是政府力之所及的事，此時不做，更待何時？

早前旅行社解困大聯盟進行的調查，有近八成受訪市民認同，旅遊業是最受今次疫情衝擊的行業。相信政府向旅遊業界增加支援，避免就業情況惡化，應會得到大部分市民體諒。我期望政府能與業界加強溝通，多了解業界的苦況，為業界多走一步！支援旅業的辦法，總比困難多！

2020 年 11 月 5 日《晴報》〈旅友良策〉

當酒店遇上無遊客

疫情之下旅遊業哀鴻遍野，作為持份者的酒店也不例外。今年一至九月本港酒店入住率只有三至四成，較去年入住率八成四的跌幅明顯；酒店平均房價也同比下降超過五成，入不敷支的本港酒店積極自救，紛紛推出 Staycation 優惠和長租房，以吸納本地客源。現時，中價酒店房價更跌至每晚三百五十元左右，貴價酒店也加入劈價，例如四季及文華東方均提供包早餐及餐飲消費優惠，現時最平為二千八百元起。與疫前相比，現時房價「半賣半送」，實為無利可圖，即使 Staycation 火爆，對業務長期發展十分有限。

事實上，全球各大酒店自救方法層出不窮，不斷調整產品收入結構來增加利潤。其中喜來登酒店與專業 PPT 公司 24slides 合作，為酒店住戶提供代做 PPT 設計服務；香格里拉、洲際及希爾頓等國際品牌酒店先後於內地外賣平台 ——「餓了麼」上線，推廣高端餐飲外賣，從而提高餐飲板塊收入，謀求新的增長點。

然而，香港本地市場細小，受眾基數有限，加之香港差餉物業估價處的差餉評估嚴重滯後 —— 過去旅遊業興旺，帶動酒店業房價上升，收入增長十分可觀，差餉租值亦大幅上調。惟自從去年下半年至今，在經濟轉壞情況下，差餉徵費未能及時調整物業估值，不合理的估價大幅增加酒店的財務壓力，加上第三輪防疫抗疫基金對酒店業零支援，種種因素相加，酒店持續虧本，損失絕不容小覷。

因此，政府必須三管齊下救酒店業。第一，政府參照第二輪防疫抗疫基金，加強為每間酒店提供支援；第二，政府盡快重估差餉，從實際上減輕酒店業壓力；第三，真正落實張弛有度的防疫措施，盡快啟用健康碼，實現香港與大灣區恢復通關。當面對更為寬廣的客源市場，業界也能重見曙光。

2020 年 11 月 12 日《晴報》〈旅友良策〉

《施政報告》為旅遊業帶來一絲亮光

旅遊業已到生死臨界點，報告中的相關舉措決定了旅遊業的發展走勢，自然業界中人對《施政報告》更為期待，昨天特首在《施政報告》提出額外推出約六億支援旅遊業，對旅遊業界，算是一片灰暗中的一絲亮光。

疫情反覆，旅遊業首當其衝，在九月公佈的第三輪防疫抗疫基金大幅縮水，大部分中小旅行社只得到五千至二萬元的資助，在十一月保就業計劃完結，新加坡的旅遊氣泡好事多磨，與內地通關遙遙無期，旅行社難以靠極為有限的本地遊業務支撐營運，眾多旅行社在持續十個月的零業務下垂死掙扎，香港的四大經濟支柱之一，岌岌可危。

香港旅行社解困大聯盟在十一月十三日至二十一日，用音頻電話隨機抽樣，成功訪問了八百三十四人，有七成六受訪者認同，旅遊業是最受疫情打擊的行業。有四成九市民認同，政府應該為旅遊業界提供額外資助，協助業界渡過難關，只有兩成表示不同意，三成一表示沒有意見，調查反映大部分市民，都認同政府應該增加對旅遊業的支援。

過去一段時間，筆者與業界從不間斷，盡力向政府反映業界苦況，在九月向特首提交《旅遊業務復甦路線圖》的建議，要求增加支援旅遊業，並為本地遊提供營運空間，特首在《施政報告》宣布為業界額外推出約六億元的紓困措施，並會投入資源推動本地文化和綠色旅遊，是回應了部分訴求。我們希望政府盡快落實資助，讓不同旅行社和業界從業員盡快都得到適切支援，可以繼續撐下去。

在疫情之下，旅遊業界面對極大的挑戰，當務之急，是盡快將疫情控制。政府必須加強返港人士的檢疫安排，大盟聯也支持政府創造條件，實施強制全民檢測。在達到清零後，香港才可以擺脱抗疫措施的折騰，本地遊有更大的營運空間，郵輪可重新啟動，健康碼通關有望，旅遊氣泡重啟，讓業界踏入復甦之路。

2020 年 11 月 26 日《晴報》〈旅友良策〉

放寬過境客運司機入境隔離限制

受疫情影響，貨櫃碼頭臨時停車場成為「旅遊巴墳場」，泊滿了被逼停業的跨境旅遊巴。政府早前宣布內地、澳門港人回港可免隔離，雖初期設配額，但至少屬局部開通關口，跨境巴士起碼可接載旅客來回深圳灣口岸，為旅遊巴帶來生機，哪知又是夢一場！

問題在於運輸署規定，跨境巴士如營運深圳灣口岸的路線，必需要「跨境」進入深圳，故此，就算是在口岸範圍繞一圈掉頭回香港、司機不落地、零接觸，就已經是入境深圳，仍需在深圳隔離十四天，根本無法營運深圳灣口岸接送港人的生意，令整個跨境巴士業界愕然，更難談業務解封！

旅遊業界一直積極配合政府的防疫措施，上周一名跨境貨車司機確診，令深圳當局收緊對跨境貨車司機的豁免入境隔離安排，由原來每三日進行一次檢測，加密至每天都要檢測，司機同時要持七十二小時內有效的陰性檢測證明，這樣的舉措業界願意接受。可現時情況是，貨車司機與客運司機面臨的風險系數相同，卻有兩套標準、區別對待，貨車司機每日檢測可免隔離，但客運司機卻不能，實在令人難以理解。

再者，隨着深圳灣口岸人流增加，現時港人往返口岸只能到屯門或天水圍轉接駁巴士，或是以的士代步，對居民來說也是非常不便。

近十個月零收入，絕大部分跨境巴司機都在放無薪假，「保就業」甫結束，跨境巴士業界裁員及倒閉潮已接踵而至，筆者希望政府體諒客運司機面臨的苦況，從兩個方面考慮，一是與內地有關部門磋商，豁免過境客運司機入境內地十四天隔離，與深港跨境貨車司機享有同等待遇，在過關時接受核酸檢測，並由政府全額支付在港進行核酸測試的費用。二是運輸署拆牆鬆綁，允許跨境巴士公司在此非常時間，不用跨境，可在深圳灣的香港口岸掉頭，令跨境巴士公司逐步有生意做，邁出一小步，幫助業界渡過難關。

2020 年 12 月 10 日《晴報》〈旅友良策〉

當機立斷
延長隔離檢疫

政府本周開始全面啟用三十六間酒店隔離檢疫，酒店業界為外防輸入築起一條防線，體現了業界與政府合作抗疫的努力。其實早在今年三月，酒店業已向政府建議，可包整棟酒店作檢疫，可惜政府反應不積極，當時亦有地區人士以威脅社區健康為由反對，酒店業左右為難，處境尷尬。

雖然香港足足耽擱了九個月，但遲到還是比「無到」好，酒店業界在力所能及的範圍伸出援手，官民合作抗疫，然而仍有小部分人抹黑，説是「官商勾結」、「謀取私利」，這完全不是事實，隔離酒店不是一塊唾手而得的肥肉，也絕不是業界復甦的曙光。

為應付隔離的需要，酒店要暫停所有其他業務，酒店前線員工化身為抗疫天使，面對前所未遇的情況和挑戰，積極制定防疫新規，例如為客人只發放一次性房卡、走廊公眾位置加裝二十四小時閉路電視、指定外賣送交地點、加強清潔消毒和保安配備等等，營運成本和風險大增。酒店業在巨大壓力和極短時間下，仍能交出超出政府標準的答卷，應獲得社會的認同而非不實的指摘！其實，政府應進一步為酒店提供培訓和支援，並將酒店前線員工納入免費核酸檢測人群，保障酒店從業者及隔離人士的健康。

本港之前的隔離措施漏洞百出，一直被詬病形同虛設，整個社會都為之付出了慘痛代價。近日英國變種病毒肆虐，傳播力大增七成，雖然政府已宣布暫停英國航班來港，並要求英國抵港人士完成酒店十四天隔離後，額外留家七日檢疫，但這七天不單對家人帶來風險，更令病毒有機會傳播到社區。

抗疫不容再有拖延，一錯豈能再錯。社會已一再要求，即日起對英國抵港人士實行二十一日強制隔離檢疫，堵塞漏洞。可是，局長在回應記者提問時，竟然以「不了解酒店的情況」推辭。據筆者了解，酒店業界一直與政府保持聯絡，政府應知道業界是有能力並願意作出配合，對於局長的説法，令人詫異！

唯有齊心抗疫，早日實現本港病例清零，盡快通關，旅遊業才有進入良性循環的可能。望政府當機立斷，防變異毒株輸入，並爭取中央支持，推動全民檢測，令全港市民看到生活復常的希望，那便是最好的新年禮物了！

2020 年 12 月 24 日《晴報》〈旅友良策〉

由「水缸事件」想到的

深水埗主教山食水配水庫，差點被誤以為是普通水缸而被拆毀，保育專員以「部門溝通敏感度不足」為由解釋，百年古蹟被損壞，引起軒然大波。本港旅遊業一直被詬病過度依賴購物、美食，未花力氣挖掘本土文化、古蹟等深度遊，旅遊形象單一。罕見的文化景點卻遭此波折，引人深思，深水埗羅馬池尚是「地下寶藏」，其實有很多「在地上」的景點亦一直被遺忘，實在可惜。

筆者熱愛行山，鯉魚門以北的魔鬼山，高二百二十二米，可俯瞰維多利亞港東面水道入口，是休閒徒步的好去處。此山又名炮台山，顧名思義，山中有炮台。山腹的哥賦炮台與近鯉魚門石礦場的砵甸乍炮台，都是 1900 年初建造的歷史古蹟。

有炮台，自然少不了要塞。建於 1914 年的碉堡位於魔鬼山山頂，當年英國租借新界時，看重魔鬼山扼守維多利亞港的地理位置，便在山上設槍孔、火藥庫、地下庫等。1930 年，英軍改防守策略，兩座大炮分別於 1936 年和 1940 年被移至赤柱和博夏勒炮台，但炮床遺跡仍在；而後香港保衛戰爆發，魔鬼山可謂見證了二戰時期下的香港，是不可多得的軍事遺跡。

然而，長期無人管理卻是魔鬼山的現狀。砵甸乍炮台遺跡更是雜草叢生，即便路過都難以發現。2007 年政府曾對遺跡進行改善，卻破壞了原本通往戰壕的通道及原碉堡結構，與深水埗羅馬池竟無媒苟合？「水缸事件」以小見大，暴露了本港在發展文化旅遊上長期存在的問題。

香港旅遊業發展涉及不同政策局，政出多門。「本地遊」一直處於真空層，未被正式納入旅遊政策，更別提持續投入資源作統籌和推廣了。無論羅馬池還是魔鬼山，保育與旅遊都應高度結合，政府跨部門協作，用旅遊思維對待珍貴的本地資源，在保育同時將其設計成為打卡熱點，一石二鳥，豈不快哉？

2021 年 1 月 7 日《晴報》〈旅友良策〉

以「綠色旅遊大使」為起點

年關快到，近日筆者收到一位導遊老前輩發來的信息。前輩為入境遊的導遊，有一年半「空轉」，直言自己和其他導遊領隊已成「遊魂野鶴」，無助無奈，也不想長期靠政府施捨，而想自力更生，更提及希望政府可以延續「綠色旅遊大使」一職，為導遊、領隊開闢一條出路。

旅遊是服務性行業，人才是旅遊業寶貴的資產，優秀的導遊、領隊是旅行社的金漆招牌。可是，在現時環境下，不少領隊導遊已被逼轉行，今後即使旅業復甦，失去了這群行內主力，欠缺有經驗的人才帶團，這對行業、旅行社和顧客，都是損失。

開篇前輩提及的「綠色旅遊大使」計劃，是去年六月旅遊事務署開放的六十個臨時職位，所有持證導遊及領隊只要修讀過綠色旅遊課程，或具備相應經驗均可應聘。大使主要於周末或公眾假期在郊野公園介紹風景名勝、宣傳環保和遠足安全，並進行訪客統計。

計劃雖好，名額卻少得可憐，時間亦太短，象徵意義大過實際！本港共有約二萬名持證導遊及領隊，當中有約四千名以帶團為主業，何況旅遊事務署將招聘外判給招聘公司，人才篩選並未有業界人士參與，無法確保職位可優先給到真正以導遊或領隊為生的特困群體。

限聚令之下，本地團被按下暫停鍵，但本地遊的需求大，本港市民需要呼吸新鮮空氣，周末戶外遊早已蔚然成風，郊區水洩不通。旅遊事務署應緊貼市民需求，重啟綠色旅遊大使招聘，並增加招聘數量和聘任時間。去年綠色旅遊大使的工作地點僅限於十五個郊野公園，現時完全可將範圍擴大到本港二十四個郊野公園和二十二個特別地區，甚至囊括本港豐富的人文歷史景點。綠色旅遊大使可在景點入口提供防疫提示，在分叉路口提供路線指引，同時提供專業講解服務，引導市民綠色出行、愛護自然，提升本地遊質素。

2021 年 1 月 29 日《am 730》〈旅友時評〉

期待政府強心針

還有一個多星期便踏入牛年，大家希望盡快擺脱鼠年的困境，但要捱過今年的年關，並不容易。筆者近日有機會與財政司司長見面，爭取政府加緊控制疫情，持續支援旅遊業之外，也希望政府可給業界三支強心針，讓同業有苦撐下去的希望。

第一，是延長「百分百擔保特惠貸款」計劃。計劃在去年四月推出，協助有需要的企業，在首十二個月的貸款可還息不還本，以應付受疫情影響的資金周轉困難。但自去年至今，疫情一直反覆，經營環境沒有改善，對於將至的還款期，不少同業表示應付不了，故此，促請政府能體恤業界艱難，優化計劃，再次延長還款期，讓業界得以延續只還息不還本，以爭取更多時間等待業務恢復，保留苦撐下去的一點兒信心，並得以存活下去。

第二，是延長和加碼「綠色生活本地遊鼓勵計劃」和「旅行社鼓勵計劃」。旅行社如能舉辦本地團或出入境遊，都可以獲得一定的資助，是政府支援旅行社的「德政」，可是，在限聚令和封關的環境下，兩個計劃得物無所用，計劃又分別在三月和四月到期。故此，政府應盡快延長計劃的申請期限，並且增加資助的名額。另外，如疫情有顯著回落，無源頭個案大幅減少，政府應盡快豁免本地遊限聚令，重啟本地遊。

第三，是刺激市民的消費，向市民提供消費誘因。筆者曾多次建議政府向市民派發五千元配對式消費券，政府作出跨部門統籌推動，鼓勵企業積極參與，促進消費，刺激經濟。實際上，內地及海外地區早已實施此方案，如江西文旅廳就曾推行彈性作息，鼓勵發行消費卡，引導消費跨界融合並加強宣傳輿論引導。而與本港有諸多相似的新加坡，早已推出兩波「重新探索新加坡」消費券計劃，通過捆綁促銷、個性化行程和在線內容，鼓勵居民探索當地景點，支持本地旅企。

希望政府從善如流，在農曆年後，可給業界一個好的消息！

2021 年 2 月 4 日《晴報》〈旅友良策〉

爭取疫苗通關
讓香港走出困局

本周五是農曆年初一，今年是筆者經歷過最沒有氣氛的新年。經濟下滑，新年裝飾遠不如前，封關有礙親友相見，市面冷冷清清，更何況早已進入「冰河世紀」的旅遊業。

上月底香港旅行社解困大聯盟與香港酒店業主聯會向業界進行問卷調查，共收到一千七百七十五份回覆。約九成旅行社及酒店業界支持推動「免疫護照」，讓已接種疫苗人士，在出入境經過檢測呈陰性結果後，毋須十四日隔離檢疫，並以此作誘因，鼓勵市民接種疫苗。

調查也同時反映，旅行社普遍對未來前景感悲觀，僅有百分之八點六憧憬公司業務可於半年內復甦；至於認同半年內可復甦東南亞短線及歐美澳紐長線出入境遊更分別低至百分之六點二及百分之二點八。故此，疫苗接種計劃，是旅遊業打破困局的希望。

事實上，現時冰島、丹麥、以色列及開曼群島均表示支持免疫護照，另有多個國家，包括受港人歡迎的泰國、澳洲和英國，也在考慮當中。冰封一年，旅遊業不能再等，我們希望特區政府急業界所急，盡早與各地政府爭取，創造恢復交往的條件。另一方面，在疫情明顯改善時，政府的防疫措施應真正做到張弛有度，盡快放寬本地遊限制，並仿效新加坡及台灣，允許郵輪公司舉辦本地海上度假遊，提供更多本地遊選擇，協助旅遊業解困。

當然，要疫苗計劃成功，讓更多人接種是關鍵。本月底，首批疫苗即將到港，接種安排隨即展開，政府應把握機會，盡早宣傳，掃除市民接種疑慮。官員也應以身作則，打「第一針」，增加市民的接種信心，推動各行各業復甦，讓生活回復正常。

2021 年 2 月 11 日《am 730》〈旅友時評〉

支援旅業計劃仍有優化空間

上周，政府公布延長旅行社鼓勵計劃和綠色本地遊計劃一年，延至明年三月三十一日，旅行社鼓勵計劃資助額加多五千萬至一億五千萬元。這算得上是對業界增加了支持，但掌聲比預期的少。

旅行社鼓勵計劃是政府在 2019 年十月推出，當時旅遊業受到連場暴力示威影響，旅客人數大減。政府用現金鼓勵的方式，每間旅行社有一千個名額，接待每名出入境旅客，分別可獲一百元或一百二十元的鼓勵。據筆者了解，已有不少旅行社差不多用盡名額了，政府今次將資助總額增加，但沒有同時增加名額，即等於「水塘多了水，但政府無放水」，難怪不少同業都感到莫名其妙！

綠色生活本地遊計劃，是由商經局和環境局合作，讓每家舉辦綠色本地遊的旅行社，每收一位旅客，便可獲得二百元資助，上限是一千名。現時香港有一千七百多間旅行社，當中有約四百間已登記做本地遊，而政府為綠色遊撥出的一億元，雖可供五百間旅行社使用，但如果有更多旅行社參與，大家就會「爭崩頭」，故此，單單將計劃延續一年，也是不足夠的。

所以，在旅行社鼓勵計劃方面，政府不應只增加撥款，更需要增加名額，讓恢復通關後，惠及更多旅行社。至於綠色生活本地遊，需適度放寬計劃申請限制，並應該將資助額增加一倍，或是最起碼要向業界派定心丸，承諾撥款會按需求增加，讓所有合條件、願意辦的旅行社，都可以受惠。

可是，在目前的限聚令下，本地遊仍未獲得豁免，出入境遊也未開通。兩計劃雖得以延期，但最重要的，還是政府控制疫情、恢復業務。在兩會前，筆者已向港區人大和政協代表，反映爭取五一前通關的訴求。近日外交部長王毅宣布，將推出中國版疫苗護照，實現核酸檢測、以助安全有序的人員交往。筆者在落筆之時，也收到政府已接納了業界的建議，將旅遊業從業員列為疫苗的優先接種群組之一，希望疫苗為控制疫情帶來一線曙光，幫助旅遊業界走出困境。

2021 年 3 月 10 日《am 730》〈旅友時評〉

疫情趨穩
旅業不能再等

筆者落筆之時，本地確診個案明顯回落，健身群組已基本受控。香港的疫苗接種計劃也在積極進行當中，本港已有三十五萬四千人接種第一劑新冠疫苗。

確診個案下降，疫苗計劃開打，政府專家顧問許樹昌教授指出第四波疫情接近尾聲，但另一個數字卻在上升。香港最新的失業率達到百分之七點二，創了 2004 年以來的新高，與旅遊相關的行業自然是首當其衝，繼續是失業的重災區。

疫情受控，放寬限制，讓旅遊業界重啟本地遊，阻止失業惡化，實是當務之急。去年十月，政府放寬了本地旅行團限制，每團人數最多可達三十人，讓業界不至於完全零業務。可惜好景不長，受第四波疫情影響，本地旅行團豁免限聚令由十二月二日起取消，橫跨聖誕節、新年及農曆新年假期，至今維持已近四個月。

政府放寬本地遊，不單可讓業界重啟部分業務，也可給外界信心，香港的疫情已明顯改善。況且，連本地遊都不放寬，政府有何理據要求與內地通關，開通旅遊？政府又如何遊說其他地區，與我們開通旅遊氣泡？

看到旅發局的最新工作計劃，更加令人困惑。該局將「鼓勵本地消費及帶動氣氛、維持香港曝光為開關作準備、重整內地推廣策略」作為短期內三大目標，預視了未來半年，未必可全面恢復跨境往來，而「旅遊在香港」是旅行社在短期內，唯一可以從事的業務，但政府不作配合，一日沒有放寬本地遊，整個計劃只是空談！

郵輪碼頭荒廢一年多，台灣及新加坡早在去年就恢復了郵輪公海遊，「零染疫」下完成所有航次。同業一再要求政府，在全面加強防疫措施下，重開郵輪碼頭，允許舉辦不落地的公海遊（Seacation），為市民提供多一個本地遊的選擇，這些切實可行的建議，也是未見政府積極回應。

旅遊業界不能再等，政府救人也要救市，筆者希望政府聽到業界的強烈訴求，食衛局應盡快放寬本地遊活動，尤其給予旅遊巴和遊船豁免，為本地遊的集合和行程安排作彈性處理，並且重開郵輪碼頭，啟動本地「公海遊」，在疫情下，為旅遊同業留一線生機。

·2021 年 3 月 24 日《am 730》〈旅友時評〉

議會趨理性助港重展生機

全面落實「愛國者治港」，是維護香港長期繁榮穩定的必由之路，也是確保「一國兩制」行穩致遠的治本之策。在港英管治下，香港政治、文化和經濟與內地存在隔膜。在回歸前後，筆者仍是大學生，在校園組織香港和內地學生交流活動，希望將兩地的距離拉近，讓香港青年增加對國家的認識，明白回歸的意義，了解國民身份。可是，舉辦這類活動的難度和阻力不小，箇中原因之一是有一些人希望兩地的隔膜繼續存在，抗拒與內地交流，甚至是刻意煽動，假借民主的名義，否定中央的權威，扭曲「一國兩制」的詮釋，漠視憲制常識，將一國之下的「高度自治」凌駕於一國之上。

在 2003 年的區議會選舉，受到反對二十三條立法的社會氣氛所影響，很多名不經傳，全無社區服務經驗的「素人」，在單張上寫上「踢走保皇黨」，就輕鬆地將耕耘多年的前輩打敗。在 2019 年的區議會選舉，慘痛的歷史重演。筆者在 2007 年起，當選觀塘平田區的區議員，努力服務社區，在 2015 年的選舉更以七成七的得票率連任。可是，在 2019 年卻被一名在報名前才空降的「素人」打敗。對手的致勝招數，不是堅實政績，而是支持黑暴的鮮明政治立場。選賢與能是選舉的目的，但實際出來的結果，卻不是候選人比拼工作的政績，而是建基於候選人煽動仇恨的能力，這種選舉對社會整體發展，又有何益處？

香港民主走向劣質化，主因是反對派在選舉上走了錯誤的道路。香港的激進民粹勢力，已經成為區議會的大多數，若立法會成為區議會的翻版，被激進力量和攬炒派主導，將帶領香港到甚麼境地，「一國兩制」又可以如何走下去？

全國人大在去年通過了香港國安法，有效壓制反中亂港力量，幫助香港社會回復安定，得到市民的高度肯定。今次全國人大會議通過完善香港選舉制度的決定，貫徹「愛國者治港」原則，堵塞選舉制度的漏洞，把香港從劣質選舉的泥沼中拉出來，是帶領香港由亂及治的新開始。

建立理性和有效的議會，能夠擺脱持續多年的政治內耗，讓政府集中精力解決深層次矛盾，積極回應民生訴求，給青年更大發展空間和更好的前景，香港的明天會更好！

2019 年中至今，受到修例風波及疫情影響，旅遊業界仍然艱難，我希望政府加倍努力控制疫情，更加重視旅遊業的發展。首先，是協助香港盡快通關，打通經濟內外循環。第二，政府應了解和善用旅遊業，例如特色的歷史文化深度遊和專業的交流遊學團，讓大眾了解國家發展，和內地與香港的深厚聯繫。第三，重組政府架構，設立專責旅遊的政策局，統籌旅遊業發展，強化香港旅遊業樞紐的角色，在背靠祖國、面向世界的更大格局下作出貢獻。

2021 年 3 月 26 日《文匯報》

難以理解的加辣

近日疫情明顯緩和，業界很希望能夠重啟業務，那怕是只有微利的本地遊，據悉政府向業界提出三項放寬本地遊的條件，是導遊和參加者必須：已接種兩劑疫苗，或持有七十二小時內的核酸陰性報告，或是參加前做快速抗原測試。三選一的加辣要求，令業界摸不着頭腦，亦難以接受。

旅遊業界非常支持政府防疫抗疫措施和疫苗接種計劃，筆者亦一直呼籲業界盡快接種疫苗，然而，任何防疫措施都應與風險相對稱，政府將開放本地遊與接種疫苗掛勾，作為其中一項開放條件，理據非常薄弱，也不見得其他行業有同類要求。

再者，去年十月政府放寬本地遊時，業界已配合政府的要求，接受二十二項防疫措施，包括旅遊巴載客人數減半、量度體溫、配戴口罩及分組活動等等。政府要求「加辣」，卻沒法提供理據説服業界，坐旅遊巴參加本地遊的風險會比坐擠滿人的公交高；在本地遊用餐的風險比日常在食肆飲食高；在導遊安排下參加本地遊的風險會比市民自行郊遊高。再者，加辣之後，政府會否放寬對本地遊的限制，例如旅遊巴和船無需限坐一半，讓業界有更大營運空間？這一系列的問題，有待政府澄清。

雖然本地遊未能復辦，政府卻給了業界一個安慰獎。早前筆者於《財政預算案》建議政府需持續支援業界，包括提供臨時職位給予旅遊業從業員。近日政府有所回應，在一群業界有心人的努力下，政府和業界達成共識，旅遊業界負責管理社區疫苗接種中心，當中涉及約二千個臨時就業機會，將於五月一日開始。

旅業冰封已久，單計持牌導遊、領隊已接近二萬人，是次計劃無疑受業界歡迎，但僧多粥少，故此，二千個職位的錄用必須要在公平、公開、公正和高度透明的環境下處理，幫助到真正有需要的從業員。縱使政府已踏出第一步，筆者希望可再增設更多臨時職位，例如重啟綠色旅遊大使，提供更多短期就業機會。

2021 年 4 月 1 日《晴報》〈旅友良策〉

旅業重啟鎖匙在政府

疫下民生困頓，旅業更是冰封已久，但業界仍然在努力自救，除協助政府營運社區疫苗中心，為旅業從業員提供臨時職位外，香港日本人旅客手配業社協會在上周末舉辦免攤位租金及佣金的「撐旅遊市集」，讓同業售賣手信特產。雖然這些活動深受歡迎，但畢竟名額有限，只能「幫得一個得一個」，要旅業復甦，鎖匙還是在政府手上。

香港旅行社解困大聯盟在上月底，以網上問卷的方式訪問了二千三百五十一名客戶，九成六受訪者希望外出旅遊，八成三受訪者同意政府應盡快開放本地遊，九成多受訪者認同郵輪上進行的防疫措施有助他們恢復乘坐郵輪的信心，八成三受訪者贊成郵輪復航，更有八成九受訪者表示會考慮參加郵輪旅遊，反映出市民已累積了很強的旅遊意慾，郵輪的各項防疫措施均得到市民認可，並且恢復了對郵輪旅遊的信心。所以，無論是旅遊業界、郵輪公司，以及客戶都已準備就緒，萬事俱備，唯獨是欠政府的東風。

與此同時，疫苗氣泡討論多時，筆者近日完成了第二針的接種，對此亦充滿期待，但可惜仍是只聞樓梯響。如果與內地通關的條件未充分，筆者建議政府大可以先易後難，在特區與特區的層面，以澳門為疫苗氣泡的起點，先行先試，加快接種，先開通香港和澳門的小旅遊氣泡，以部分區域先通的辦法逐步打開大灣區、內地乃至海外各國。

特首近日宣布香港已屬低風險地區，抗疫的努力漸見成果，但對於飽受打擊的旅遊業，仍然未見復甦的曙光。希望政府更進一步，開啟復甦的鎖匙，先易後難，盡快放鬆本地遊限制，開放郵輪遊，並制定清晰的復甦路線圖，讓業界有營運空間，紓緩旅遊從業員的困境。

2021 年 4 月 15 日《晴報》〈旅友良策〉

本地團應放寬至五十人

隨着疫情緩和，政府五月起有條件放寬旅行社復辦本地團。目前已有超過二百六十間旅行社向旅議會登記復辦，但相比上兩次放寬時的登記數字，這個參與數字説不上踴躍，反映了不少旅行社對辦本地團持觀望態度。

同業很想把握復辦本地團的機會，盡快做到生意，提升本地遊的質素，為復甦早作準備，但不少旅行社指出，現時舉辦本地團有如「雞肋」，食之無味，棄之又可惜。原因之一是顧客的需求。雖然香港有很多值得參與的深度本地遊產品。但客觀的現實是，大部分市民已習慣了傳統本地團百多至二百元的「價位」，顧客的需求令旅行社要「將價就貨」，限制了本地遊的發展。

在綠色生活本地遊鼓勵遊計劃下，同業可獲得資助，但審批長達數月甚至超過半年，辦團所有費用要先由旅行社墊支。另外，在目前的炎熱天氣下，要讓旅客得到戶外郊遊的良好體驗也不容易，這也影響了辦團的意欲。

政府的防疫要求，也增加了旅行社的營運成本。政府今次開放本地遊，旅行社除了要符合原來的二十二項防疫措施，包括上限三十人（實質只能收二十八客），量體溫及佩戴口罩等等，工作人員還須接種了第一劑疫苗。如未能接種，就必須提供健康證明和七天內的檢測結果。雖然業界願意配合，但很多領隊、導遊和旅遊巴司機都上了年紀，疫苗接種率相對較低，更有部分司機因為旅遊業冰封一年多早已轉行。在短時間內辦團，尋找員工和租車有一定難度，成本也因而上調。

總的來説，本地遊不易辦，利潤微，只是讓員工「有工開」，連「吊鹽水」的作用都起不到！近日疫情明顯好轉，源頭不明個案極少，疫苗接種人數穩步上升，再加上本地團根本不是高風險的活動，客人參團坐旅遊巴的風險，肯定比坐地鐵和巴士為低。故此，政府將本地團人數放寬至最多五十人一團，應是一個風險可控、合情合理的措施。希望政府回應要求，並且加快綠色生活本地遊資助的審批，才可讓本地團可發揮到「吊鹽水」的作用。

當然，單靠本地遊，旅遊社是難以持續生存。香港盡快「清零」，市民踴躍接種疫苗，開通郵輪公海遊，早日與內地通關，業界才能見到復甦的曙光。

2021 年 5 月 21 日《am 730》〈旅友時評〉

特困行業仍待政府解困

去年社會運動和今年疫情的雙重夾擊，旅遊業不斷萎縮，是名副其實的特困行業！旅遊業所有持份者都面臨巨大的經營壓力，在生死邊緣掙扎求存，繼航空做出無奈裁員決定後，相信酒店和旅行社也會相繼作出別無選擇的調整。

早前香港旅行社解困大聯盟向業界作問卷調查，當中有百分之八十一點五受訪旅行社、六成八受訪酒店表示一定要或好大機會要裁員。高居不下的本港失業率勢必持續攀升，創十六年來最高。第二期保就業計劃將於本月底完結，但政府無意推出新一輪支援計劃，無疑將本已奄奄一息的旅遊業界直接推向鬼門關，面對如此嚴峻的危機，政府豈能掩耳盜鈴？

業界不想坐以待斃，積極想方設法自救。我近期就與旅遊事務署開會，提議借鑑台灣、新加坡等恢復區域郵輪的應對措施，盡快重開郵輪碼頭，允許郵輪舉辦本地市民公海遊，為市民周末出遊提供多一個選擇。同時向旅遊事務署反映，不少同業六、七月申請的「綠色生活本地遊鼓勵計劃」至今仍未收到資助，望盡快審批並做適當加碼。

旅遊業因就業形式多樣，能吸納大量基層勞動力，堪稱百業之本！但現在旅遊業是實打實的特困行業！即使港星旅遊氣泡能成事，本地遊能進一步放寬，都只是為業界提供熱身機會，距離復甦仍有相當距離。最大規模的內地出入境市場，何時通關沒有時間表，旅遊業界自救現可做的實在不多，政府除加快恢復經濟活動盡快恢復通關外，須針對性支援垂危的旅遊業，以助渡過難關。

八月，新加坡政府推出次輪保就業計劃，支援總額加碼至八十億坡元（約四百五十億港元），延長薪金補貼七個月，其中航空、旅遊和建造行業，薪金補貼比例高達五成。而英國政府亦推出新一輪的保就業半年計劃，涉一百億英鎊（約一千零十四億港元），更會下調服務及旅遊業增值稅至明年三月底，以示對重創行業的支援。

誠然長貧難顧，每個國家或地區的公共資源始終有限，但特困行業需特事特辦！政府大可參考有關國家做法，按行業受創程度提供不同支援，措施攻守兼備，鼓勵企業留住人才，既能解決民生，亦能提升自身妥善分配資源的管制能力。

2021 年 6 月 18 日《am 730》〈旅友時評〉

支援旅業
要有所為

勞福局局長羅致光上周語出驚人，就特困行業旅遊業面對的困境，他指出「政府難以連續幾年資助旅遊業，目前要考慮如何幫助一些冰封已久的行業從業員轉行。」業界一直掙扎求存，努力支撐，希望保留旅遊業人才，期待復甦來臨。但局長的説法，不是支援業界、挽留人才，反而呼籲同業轉行，變相叫旅遊業「收工」，完全漠視旅遊業對香港的貢獻。旅遊業界各大商會聯同旅遊業議會去信特首表示遺憾，並要求進一步提供支援。

幸好在其後的立法會答問大會，特首再次肯定旅遊業對香港經濟發展的重要性，表明已親自統籌旅遊業的發展，並承諾會聆聽業界意見、提供支援，展示了特首對旅遊業的關心。業界期待政府盡快有所行動，筆者在此拋磚引玉，提出幾點建議。

第一，直接提供資助，讓業界生存下去。2020 年，政府向旅遊業提供多次支援，對處於艱難環境的同業雪中送炭。我們希望政府能參考去年《施政報告》的做法，運用抗疫基金餘額再給予一輪支援，協助業界捱過 2021。

第二，拆牆鬆綁，靈活調動現有資源，支援業界各展所長。政府現時的「綠色生活本地遊」和「旅行社鼓勵計劃」，分別各有一千個名額，向有辦本地遊或出入境遊的旅行社，按每名客人提供鼓勵資助。可是，不是所有旅行社，都能同時從事本地遊和出入境業務。因此政府應靈活調撥，拆牆鬆綁，增加資源並延長計劃期限，整合兩個計劃，容許旅行社發揮業務專長，更靈活用盡兩個計劃下的二千個名額，讓業界能真正得到支援。

第三，向從業員提供更多的臨時職位和培訓機會。政府向旅遊業提供疫苗接種中心的臨時職位，值得肯定，但僧多粥少。故此，除了筆者早前提出增設的綠色旅遊大使，政府更可考慮於旗下的主題館、博物館、古蹟及展覽館增設臨時職位，讓從業員擔任導賞員，豐富旅遊元素。同時，應把握機會加強從業員的培訓，並給予津貼，全方位地協助業界渡過難關。

辦法總比困難多，向特困行業提供應有支援，而不是讓行業自生自滅，才是政府的應有所為。

2021 年 7 月 22 日《晴報》〈旅友良策〉

郵輪公海遊是一小突破

關閉一年半的啟德郵輪碼頭，終在上星期五突破冰封，迎接自疫情以來第一批旅客 —— 約一千多名香港市民乘坐雲頂夢號郵輪出發，享受三日兩夜的公海遊。回程後，旅客讚賞船上的防疫安排，市場反應正面，另一艘郵輪海洋光譜號也將於十月投入服務。

筆者去年已與郵輪業界一起，要求政府參考台灣和新加坡復航經驗，爭取在香港舉辦郵輪公海遊。業界持續與政府商討，加之香港疫情受控，在嚴謹的防疫措施下，最終成行。公海遊順利啟航，除了旅客歡迎，對旅遊業來說也有幾重意義。

首先，是次啟航是自疫情以來首個「出境遊」。雖然郵輪不會在其他港口靠岸觀光，但始終帶給旅客離境的體驗，讓旅客在本地遊和宅度假之外多一個旅遊選擇，旅行社也有多一項旅遊產品銷售。儘管從營運來説，香港旅遊業界不可能單靠公海遊的產品生存，但這是一個新的開始，一個小的突破。

第二，是反映了旅客對郵輪遊恢復信心。啟德郵輪碼頭是香港爭取作為區內郵輪中心的重要基建。可是，疫情重創郵輪業，郵輪碼頭成為死城。事實上，新型郵輪大都以獨立鮮風系統設計，換氣率更可高達每小時十二次，遠遠高於政府要求。再加上只讓客人住露台房、嚴格的社交距離措施、接種兩劑疫苗並提交四十八小時的陰性檢測證明的安排，足以説服公眾郵輪遊是安全出遊的模式。故此，公海遊的成功，為郵輪業的復甦踏出第一步，對維持郵輪碼頭的運作也起重要作用。冀望在公海遊順利運作一段時間後，政府可適時再作調整，讓業界有更大的營運空間。

第三，是為日後開通旅遊奠定基礎。公海遊的防疫安排，一方面可向外界展示香港防疫的要求，有助加強外界日後來訪香港的信心；另一方面也可以為日後的開通旅遊的防疫要求奠定基礎。在疫情之下，接種疫苗和陰性檢測是外出旅遊的必備條件，公海遊提供了很好的示範，為往後的操作累積經驗。

疫情陰霾未退，旅遊業處境艱難，業界期望這個小突破，可以盡快帶來更大的突破，為日後開通出入境遊創造條件，讓業界盡快看到復甦的曙光。

2021 年 8 月 6 日《am 730》〈旅友時評〉

旅業重新出發
由頂層設計開始

隨着疫情受控，各行業基本上已恢復運作，香港今年第二季整體失業率回落至百分之五點五，唯獨是旅遊業的復甦仍然未見曙光。按 2018 年的政府統計，旅遊業佔本地生產總值百分之四點五，而根據世界旅行及旅遊理事會的估算，旅遊業對香港經濟的直接及間接貢獻高達百分之十二點三，可見旅遊業帶來相當可觀的外在效應，是名副其實的「百業之母」。故此，旅遊業一天未能復甦，香港欠缺這條經濟支柱，經濟難以重拾活力。

疫情無疑對旅遊業帶來極大打擊，有些預測認為，全球旅遊到 2024 年才有望達到疫前的水平；而內地同業受惠於抗疫成功，今年上半年旅遊出遊人次已達十八億七千一百萬，恢復至疫前同期的百分之六十點九。儘管全球通關未許樂觀，內地疫情近日也略有反彈，但相信香港疫苗接種率持續提高，創造與內地通關的應有條件，旅遊業的中長期前景仍然是相對樂觀的。

國家在「十四五」規劃中，充分肯定了香港旅遊業的重要性，不單再次確認香港作為國際航運樞紐的戰略位置，更賦予香港新定位，支持香港發展成為中外文化藝術交流中心。按照 2017 年政府擬定的《香港旅遊業發展藍圖》，香港多項旅遊基建將在未來幾年陸續落成，包括香港故宮文化博物館、M+ 視覺文化博物館、航天城計劃、機場第三條跑道、啟德體育園區等，去年《施政報告》還增加了「躍動港島南」計劃。

如何善用這些新基建，必須在政策配套上有更好的統籌，提升旅遊元素和配套。早前旅遊業界到西九文化區參觀，新建設美輪美奐，但奈何區內旅遊巴車位嚴重不足，這些細節就決定了規劃時考慮旅遊元素的重要性。

政策協調統籌之問題，亦可見於本地遊。在疫情之前，特色本地遊一直處於真空層，不被正式納入旅遊政策，既不屬於旅遊事務署管轄範疇，又不屬於旅發局推廣重點。事實上，香港有很多著名的行山徑，也有值得推廣的文化古蹟，但這些景點的管理分別屬於漁護署、康文署及古蹟辦等，他們在發展這些地點時，很少考慮旅遊元素，例如設立旅客服務中心、專業導賞服務、針對海外旅客的歷史文化解說等；有些古蹟連最基本的管理都沒有，被長期荒廢，例如將軍澳有一座建於清朝、獲評為一級歷史建築物的茅湖山觀測台，圍封七年仍未被活化，地政總署只派人看守觀測台。這是政府缺乏旅遊思維、無人統籌，浪費寶貴旅遊資源的又一寫照。

旅遊業發展和出入境、交通運輸、自然和古蹟保育、文化體育等政策相關，主要涉及商經局、保安局、民政局、運房局和發展局。盤點負責旅遊的部門，商經局雖是負責旅遊政策，但同時兼管創意產業、投資推廣、知識產權、工業貿易、通訊、郵政和天文台等範疇，具體的旅遊政策是交由旅遊事務署負責，而香港旅遊發展局是法定機構，職能僅限於向外宣傳推廣，嚴格來説只是一個推銷部門；至於將在今年運作的旅監局，僅是擔當監管同業的角色。

旅遊業雖是香港的經濟支柱，但只靠一位身兼多職的局長、一個署級部門作跨部門的溝通協調，當中的困難可想而知。雖然特首及財政司司長表示會親自統籌旅遊業，但這些高層會議極少召開，難以發揮持續跟進的作用。旅遊涉及的層面廣泛，包括航空、零售、酒店等，所以需要更宏觀的統籌策劃、更高層級的專責部門，融入創新思維，這都要從頂層設計開始。故此，旅遊業界一直希望有一位以發展旅遊作為首要工作的局長，統籌旅業相關政策，帶領業界在疫後重新出發，而成立「文化、體育、旅遊局」為旅遊業界的要求提供了答案。

外地有不少將文化和旅遊歸納為一的例子，例如韓國的文化體育觀光部、內地的國家文化和旅遊部，均將文化藝術、非物質文化遺產和保育工作視為重要的旅遊資源。在香港，體育、演藝、文化及出版界議員馬逢國早在 2012 年提出了設立「文體旅遊局」的構思，最近智經研究中心公布的《香港旅遊業未來規劃》報告也建議成立「文化及旅遊局」。香港在文化和體育的基建投資，以及國家賦予香港藝術文化交流中心的新定位，進一步説明將這三項政策作更有效統籌的合理性和重要性。

從整個行業的發展趨勢來説，「文體旅遊局」更能夠回應消費者的需求。旅遊業除了提供傳統的消費娛樂休閒服務外，還要向新一代旅客提供更深入的文化和生活體驗。當地的歷史文化、古蹟和生態環境，是吸引旅客的重要資產。

另外，香港作為盛事之都，文化盛事有藝術節、電影節、香港書展、巴塞爾藝術展及影視娛樂博覽，體育盛事則有香港國際七人欖球賽、渣打馬拉松、香港電動方程式錦標賽等，這些活動均帶來很高的經濟效益；此外，2014 年已啟用的單車館以及即將於 2023 年落成的啟德體育園，令香港舉辦國際體育盛事的條件更為成熟。

故此，文化、體育和旅遊的相輔相成，可發揮很強的協同效應，將香港提升成為一個更具魅力、更有吸引力、更多元的旅遊都會。

疫情帶來衝擊的同時，也揭示了香港旅遊業本身在結構、管理、行政、配套上存在的問題。面對冰封的業務，政府多次動用防疫抗疫基金伸出援手，對彌留之際的旅遊業有一定程度的幫助，但要業界起死回生，關鍵仍在通關、並在頂層設計上作更有效的統籌，協助旅遊業升級轉型。希望政府以成立「文體旅遊局」為目標，從上層建築入手，重整架構，為旅遊業的漫長復甦做好準備，才能讓旅業重現曙光！

2021 年 8 月 12 日《經濟日報》

沒有旅客的酒店業

「去 Staycation，次次都見到大堂排長龍 check in，一定係好好生意！」筆者有不少朋友誤以為酒店受惠於「宅度假」熱潮，營運理想，無奈這只是假象！截至 2021 年三月，香港有三百一十二間酒店提供近八萬七千間客房；預計到 2025 年酒店還將增至三百三十三間，客房數目達到九萬三千間。沒有入境旅客，房間短中期出現供過於求是鐵一般的事實。同業只能靈活應變，以「宅度假」掙扎求存，但這能否成為一種可持續的營運模式，頗成疑問。

首先，客源是第一大問題，在過去正常情況下本地客只佔酒店業客源約百分之十六點九，塘水滾塘魚，單靠本地客是無法支撐整個酒店業。第二，度假型酒店一般具備良好環境、會所、泳池等配套設施，但香港大部分酒店屬市區商務型，較難提供出遊度假感覺。第三，「宅度假」屬於高成本，高損耗的服務。入境旅客一般會入住數天，早出晚歸；而「宅度假」顧客通常只住一晚，約齊朋友留在酒店享受各項設施。酒店有責任向客人提供周到服務，但這類需求對酒店設施和人力的消耗自然比入境客高。有業界指出，單從房務員的人手來說，「入境客」和「宅度假」的比例是一比三，即是要用三倍的人手處理「宅度假」房務，可見成本之高。最後，「宅度假」不會改變會議和宴會設施被長期閒置的狀態，酒店在疫情期間無法開拓其他收入。

疫情前酒店的入住率高達八至九成，疫情下酒店的平均入住率跌至不足五成。或許有人會說，一半的入住率不算太差，但更大的問題是房價跌至不及正常的三分一甚至更低。在入住率低、房價大跌及經營成本上升的三重打擊下，「宅度假」是酒店業界絕處求生，以最基本的流動資金保障生死安全線的營運模式，是無可奈何，是「輸少當贏」，更是無利可圖。

要酒店業回復正常營運，當然是盡快通關、旅客回歸。但疫情改變了出遊模式，中短期內難改變酒店房間過剩的問題；而單靠「宅度假」又難以令業界擺脱困境。多重困難之下，希望政府在政策上提供彈性，拆牆鬆綁，讓酒店業有靈活應變的政策空間，針對在職青年人或不同群體的住房需求，調整房間佈局，提供不同的短租或長租服務 —— 既善用了房間資源，又能在旅客回歸時迅速調整房間供應，迎接旅客歸來。

2021 年 8 月 20 日《am 730》〈旅友時評〉

落實十四五規劃
為旅遊創新機遇

國家「十四五」規劃宣講團親臨香港，舉行多場演講，向社會各界介紹《中華人民共和國國民經濟和社會發展十四個五年規劃和 2035 年遠景目標綱要》，詳細介紹規劃內容，尤其是香港如何在金融、航運、貿易、航空、創新科技、法律服務、知識產權、文化藝術等範疇全面融入國家發展大局，掀起討論熱潮。

回歸初期，香港社會和政府對促進香港與內地經濟、社會融合並不熱衷。在 2006 年的「十一五」規劃，中央政府在諮詢特區政府之後，首次將香港納入國家規劃。其後的「十二五」規劃，突破性地設立《港澳專章》，列出香港在國家發展中所發揮功能定位。在 2016 年的「十三五」和今年的「十四五」，延續了設立《港澳專章》的做法。

對於旅遊業來說，加強與內地合作是香港旅遊業的命脈所在，這也是國家政策的方向。在 2019 年《粵港澳大灣區發展規劃綱要》，強調要開拓大灣區內的文化旅遊互動。去年十二月三十日，國家進一步擬定《粵港澳大灣區文化和旅遊發展規劃》，具體深化大灣區的旅遊合作。

在「十四五」規劃中，為旅遊業帶來兩項重磅消息。首先，文件表明會支持香港提升國際航空樞紐地位。大灣區的航空業高速發展，香港國際機場如何和區內的機場加強合作，避免資源重疊是一項嚴峻挑戰。筆者與航空業界交流，認為國際樞紐的地位是中央對香港機場的高度肯定，相信往後會有更多具體的政策，以反映中央對這定位的支持。

第二，是給予香港中外文化藝術交流中心的新定位。歷經百年時間的打磨，中西文化在香港水乳交融，形成香港獨特而迷人的多元氣質，更賦予了香港將中華文化帶到國際，促進中西文化藝術交流的文化平台角色。另外，近年特區政府大力投資文化基建，M+ 博物館和香港故宮博物館等相繼落成，為文化及旅遊的融合發展帶來新的商機。

在此國策之下，香港需乘勢而為，充分理解政策內涵，準確把握機遇，積極為通關做準備，以融入國家的內循環和雙循環為起點，開啟旅業復甦之路。

2021 年 9 月 3 日《am 730》〈旅友時評〉

旅業關鍵字：救保穩促

特首宣布全面恢復「回港易」和推出「來港易」計劃，雖然這些措施在短期內對旅遊業幫助有限，因為北上仍需隔離，但業界期望這一小步能為盡快恢復與內地雙向免隔離通關創造有利條件，讓旅遊業盡快看到曙光。

近日有旅遊巴和旅行社向特首發公開信，指出業務停擺近兩年，已經彈盡糧絕，要求延長「預先批核還息不還本」的還息期，並且補漏拾遺向旅遊巴提供援助，避免大規模結業。

事實上，在海陸空跨境業務停頓下，旅行社、酒店及航空公司艱苦營運，通關未見曙光，旅遊業界仍未見「隧道的盡頭」，的確要靠政府的支援帶來支撐下去的希望。

作為業界一分子，筆者上月底向政府遞交了以《救旅業．保生存．穩根基．促發展》為題的《施政報告》建議，當中涵蓋五大範疇共三十二項建議，明確要求政府對旅遊業進行「救、保、穩、促」，而「救」，對旅遊業界尤為重要。

最有效的施救工作，是為企業和從業員提供現金資助。早前，特首在防疫抗疫基金中撥款向旅業提供特殊支援，對彌留之際的同業起一定作用，但若業務繼續冰封，同業能否支撐到年尾，頗成疑問。近日有傳媒指出今年內通關無望，若然報道屬實，政府更加有必要未雨綢繆，善用防疫抗疫基金，為旅遊這個特困行業提供持續支援，並且補漏拾遺，為同樣受疫情影響的各個業務範疇提供資助。

為了挽留業界人才，政府應深入研究，盡量為業界開拓營運空間，例如讓「旅行社鼓勵計劃」適用於本地遊、加碼「賞你遊」和「賞你住」、在郊野公園及博物館等聘請業界人士作專業導賞員、開放部分邊境禁區開拓本地遊景點，以及提供免費場地舉辦旅遊市集等。

航空及酒店業亦不容忽視。政府應提供津貼協助航空公司保留國際航線，也要為酒店提供差餉減免，退回多收差餉，及時重新評估，減輕業界負擔。

2021 年 9 月 9 日《晴報》〈旅友良策〉

強化航空樞紐
助旅業再起飛

航空業屬戰略產業，重要性毋庸置疑。新冠疫情前，香港航空業佔本地生產總值（GDP）接近百分之五，香港國際機場每日有超過一千一百班航機升降，每月接載約六百萬名旅客到全球超過二百二十多個航點；航空貨運方面，雖總量只佔香港貿易量大概百分之二，但總值卻佔香港貿易總值超過四成。由此看來，不論客運或貨運，航空業絕對關係着本港經濟的命脈。

航空業與旅遊業唇齒相依、息息相關。航空不僅是出行的大交通，更是旅遊業重要的上游產業，是旅遊市場和產業鏈上不可或缺的一環。2019 年，有四千九百萬名跨境遊客乘飛機進出香港，但於 2020 年全年驟降八成八；今年一至八月，客運量更較疫前同期狂瀉百分之九十八點六，疫下困境可見一斑。

疫情重創業界，要讓旅遊業破冰，航空的復甦至關重要。航空一日不見曙光，旅業就仍深陷不知盡頭的黑暗隧道，看不見希望。現時內地航空業已恢復至疫前八成，因此通關復航於本港航空業、旅遊業都逼在眉睫。唯有盡快通關，才能改變香港沒有區域航線的窘境，才能讓香港融入國家內循環，旅業才能和航空一同重啟。

儘管短期而言，航空業和旅遊業面對極大困難，但在中長期而言，航空業發展仍是機遇處處。透過香港機場的新建設，例如三跑和航天城，再加上《十四五規劃》和《粵港澳大灣區發展規劃綱要》的國策支持下，香港可活用本港基建和特色地標，透過香港國際機場及大灣區內的交通網絡，拓展客源至整個大灣區，驅動國際及國內雙循環，打造「機場城市」，從而進一步鞏固和強化國際航空樞紐地位。

預計明年底竣工、2024 年全面啟用的三跑工程，據研究能於 2030 年貢獻本地 GDP 的百分之五，大幅提高香港機場的綜合運營能力。當三條跑道全數啟用後，機場每小時處理航班數量由現時的六十九架增至一百零二架，客運量由每年處理七千五百萬人次增至一億二千萬人次，貨運及航空郵件總量由五百萬公噸增至九百萬公噸。早前中央宣講團蒞臨香港，再次表態支持三跑建設，並且建立粵港澳三地空管協同合作機制，為三跑的發展注下強心針。

將在明年陸續落成、佔地二十五公頃的 SKYCITY 航天城，集零售、餐飲、娛樂、辦公大樓、物流中心及大型表演場地為一體，是將香港機場從單純的出入境運輸樞紐，升格為「航空都市區」的重要一環。機管局計劃在港珠澳大橋香港口岸旅檢大樓及航天城之間，興建一條長約八百五十米的「航天走廊」，與附近的幾大基建（港珠澳大橋、屯門至赤鱲角連接路、亞洲國際博覽館、青馬大橋）一起形成香港獨特地標群。與杜拜國際機場相似，升級後機場功能更加豐富，將成為市民可享受休閒、娛樂、度假的「機場現代度假區」，配合機場周邊的酒店群，為旅客帶來全新體驗。

而大嶼山本身豐富的自然風光和人文景觀，賦予這片區域更多延展空間：亞博館擴建後，將可容納逾兩萬人，為會議展覽、文化演出甚至體育活動提供場所；運房局打算利用機場北面的臨海位置，將其打造成水上灣畔設施，提供遊艇會、水上中心等一站式海濱服務；加上大嶼山現有的旅遊資源，如香港迪士尼樂園、昂坪 360、大澳漁村、郊野公園、行山徑、沙灘等，將合為一體，利於本港旅業發展綠色生態遊、文化創意遊、親子遊及商務會展旅遊等高增值領域，有助旅遊業復甦。在此基礎上，香港國際機場將演進為綜合性的航空港，整個大嶼山則轉型成為多元化的機場旅遊「城中城」。

此外，航空城所在地理位置得天獨厚，集「機場經濟」和「橋頭經濟」於一身，是世界上罕有的「雙經濟」交滙點。機場既連接全球各地航空，又通過港珠澳大橋直抵其他灣區城市，暢通無阻的立體交通網絡 —— 渡輪服務、跨境巴士、高鐵及港珠澳大橋等，不斷擴大一小時的交通半徑，大大吸引灣區市民在香港國際機場轉乘飛機。若政府適時簡化入境手續，加強對外宣傳，並考慮發展低空飛行（直升機服務）、遊艇等多樣化通航交通，以香港國際機場為圓心的航空都市區，將一躍成為輻射大灣區八千六百萬人的窗口城市，區內「一程多站」的網絡雛形已可窺見。

誠然，機場城市的搭建並非一朝一夕，但本港極佳的航空發展基礎，已為未來航空、旅遊乃至香港整體經濟發展奠定堅實的基礎。在疫情這一分水嶺下，政府須向業界提供持續不斷的支持、逐步開放的政策、恰逢其時的引導，在以國內大循環為主體、國內國際雙循環相互促進的新發展格局下，把握「大灣區綱要」「十四五規劃」、「一帶一路」的發展機遇，通過「機場城市」的打造，成為國內大循環的「參與者」和國際循環的「促成者」，讓航空及旅遊業界打破困局，迎來曙光，獲得未來恢復及發展源源不竭的動力。

2021 年 10 月 1 日《經濟日報》

速推通關健康碼

近期最熱門的民生議題，一定是盡快和內地通關。筆者在本月中旬，聯同旅遊業界代表與曾國衛局長會面，表達業界盡快通關的訴求。曾局長近日表示第二輪的專家對接小組會議快將召開，期望是次會議可為通關帶來實質性突破。

給內地防疫部門足夠的信心，與內地的防疫措施盡量達到一致，是通關的首要條件，而當中爭議最大的，是香港和內地在追蹤制度上的差距。內地的制度嚴密，萬一出現感染個案，當局可依靠追蹤系統作有效跟進。但香港的「安心出行」應用程式，只協助市民記錄行程，不是實名登記，又僅屬自願性質，誰人去了高風險地區，當局無從追查。如何完善香港的追查機制，讓香港盡量接近內地的制度，成為通關的關鍵。

有人認為，香港市民重視私隱，未必願意接納內地嚴格的追查制度。可是，在確保公共衛生和恢復通關的權衡下，政府最起碼要為市民提供選擇，建立一套市民自願參與的追蹤制度，提供給準備返回內地的市民使用，讓他們可以與內地的追蹤制度對接，給他們「被追蹤」的選項，促成通關。

筆者也就此進行了民意調查，在隨機抽樣回答的七百多名受訪者中，近八成市民希望香港與內地通關，而被問到是否願意接受一套實名制的「港版健康碼」，以便記錄行蹤，有近七成的受訪者表示同意。調查進一步追問，如果「港版健康碼」附有追蹤功能，表示同意的受訪者仍有六成多，只是輕微下跌了幾個百分點。可見大部分的受訪者，是願意接受「被追蹤」的安排，反映市民對通關的意願非常強烈，同意在私隱問題上作出取捨。

在調查中，有八成市民認同旅遊業是最受疫情打擊的行業。同業在掙扎求存，已經是扭盡六壬！畢竟業務仍然陷於冰封，營運本地遊的空間又非常有限，長期虧損，可謂山窮水盡。如果今年通關無望，政府又未能伸出援手，今年的年關恐怕旅遊業只能以結業潮渡過。希望政府回應業界的訴求，為旅遊這個特困行業提供持續支援，讓我們捱過年關，期待通關。

2021 年 10 月 28 日《am 730》〈旅友時評〉

第2章

戰疫情保就業
救旅業保生存

2022 不容易

誰也想不到，2022 年一開年便是第五波疫情。通關沒等到，旅遊業接二連三遭受重創。

近日，旅發局公布 2021 年訪港旅客數字，全年僅約九萬一千人次訪港，大跌百分之九十七點四。在外防輸入下，訪港人士主要因探親或必要原因來港，消閒旅客近乎為零。人數大跌已是預期之內，旅業深陷在不見天日的「死守苦撐」已逾兩年，就算有心掙扎求存，2022 年，仍然是困難重重！

因應疫情，政府宣布暫停本地遊及郵輪公海遊，取消所有大型活動，收緊防疫政策。從疫情管控的角度有實際需要，但從業界生存而言，病毒未「清零」，業務已經「歸零」，旅業僅有的本地遊 / 公海遊在新春旺季前驟停，Staycation 亦遭遇大量退訂，入住率從八九成跌至四五成。當前「有好過無」的薄利業務也因第五波疫情戛然而止，同業只能慨嘆無奈！

政府向旅遊業提供新一輪支援，並注資以延續「綠色生活本地遊鼓勵計劃」，雖是杯水車薪，但能稍微緩解眼下困苦，是正面回應了部分業界訴求，這是值得肯定。可是，整個旅遊產業鏈環環緊扣，有部分旅遊相關行業，例如酒店、本地旅遊巴、郵輪、航空、私人景點、賓館和會展業等，儘管皆受疫情打擊，但未能在今輪防疫支援中受惠，還有待政府提供支援。

以當前形勢預估，今年上半年實現跨境遊的機會十分渺茫。三億元的綠色基金能否為旅遊業起到扶持作用，還要看政府的防疫措施能否立竿見影，切斷傳播鏈，可擺脱過去「收緊快，放寬慢」的循環，重啟業務的速度也可做到既快又準，讓本地遊和郵輪公海遊可盡快重啟。當然，同業最期待是早日實現通關，我們希望政府可為社會擬定明確的通關路線圖，提出合理的通關標準，凝聚全民共識，努力創造通關條件，給大家看到重啟跨境遊的希望，這樣才可以為旅遊業界，為不容易的 2022 帶來生機。

2022 年 1 月 20 日《晴報》〈旅友良言〉

戰時狀態
撲滅疫情

誰也沒想到 Omicron 為香港帶來兩年以來最嚴峻的挑戰。連日激增的確診個案讓第五波疫情非但沒有半點緩解的勢頭，反而頻臨崩潰邊緣，社會的經濟活動也陷於停頓。

相較一河之隔的深圳，農曆新年前亦面臨了局部爆發的風險，羅湖、龍崗兩區一度被列為中風險區，但深圳政府用四十八小時全民核酸檢測的方法，在全市共設八百三十三個核酸檢測點，通過這些果斷措施，讓這座常住人口一千七百萬的城市有效遏止疫情發展，非常值得我們借鏡。

可是，特區政府認為香港欠缺全民檢測的配套，在港難以實行，故此，政府退而求其次，宣布購買檢測劑，推動全民自願快速檢測，算是走出了第一步，但快速檢測並非核酸檢測，加上由市民自行採樣，準確性大打折扣。即使檢測出陽性結果，市民未必立即上報或求醫，「自願速檢」能否有效壓制疫情，取代全民核酸檢測的作用，是令人存疑的。

香港的醫療系統面臨巨大壓力，經濟和日常生活大受影響，筆者認為，請求國家支援，邀請內地專家協助抗疫，實是刻不容緩。首先，建議特區政府應進入「戰時狀態」，調動所有能調動的人力，並且向中央政府請求支援，調派人手及資源來港，加設更多的火眼實驗室，盡快部署推動全民強制檢測。

其次，藉疫苗通行證的契機，盡快落實安心出行實名制，設立標準公開的數據使用原則，務求將個案追蹤工作做得更快更準，盡快將疫情撲滅。第三，推動成立「與內地共同抗疫協調委員會」，效仿去年九月、十一月「疫情防控工作對接會議」的做法，在更高層次上成立「與內地共同抗疫協調委員會」，深化合作關係，明確地以恢復內地與香港通關為最大目標，推出內地有信心、香港可執行的防疫抗疫措施。

2022 年 2 月 10 日《晴報》〈旅友良言〉

凝聚力量
齊心抗疫

第五波疫情病例呈幾何式增長，抗疫工作面臨最嚴峻考驗，感謝習主席非常關心香港的情況，指示各部門迅速回應特區的求助。但正如習主席所言，特區要切實負起抗疫的主體責任，調動一切可調動的人力物力，團結動員全社會力量，號召各界齊心抗疫，再配合中央的支援，香港才可以在最短時間內遏制疫情。

香港的旅遊業界從來沒有在抗疫工作中缺席，透過檢疫酒店計劃和營運疫苗接種中心，站在抗疫的最前線。在目前嚴峻的疫情下，政府可動員更多旅遊業界的資源和人力，投入防疫的缺口，具體來説，可從以下幾個方面考慮：

一是開放更多臨時職位予旅遊從業員。在 Omicron 變種肆虐下，市民接種疫苗的需求大增，不單年幼和長者要加緊接種，再加上第三針的額外要求，接種中心一般要輪候三至四星期。故此，政府應加緊動員人手，並且善用旅遊業界在早前行政支援疫苗接種中心的經驗，讓更多的新中心能投入營運。同時，旅遊從業員亦參與了檢測中心的前線工作，在檢測中心人手短缺時，應開放更多職位予開工不足的旅遊從業員。

二是與酒店業界合作，提供整間酒店作為緊密接觸者或輕症患者的臨時隔離處所。現在香港市民面對的窘況之一，是確診之後無處可去，待在家中平添家人感染的二次風險。因此，合理利用酒店空房率，將輕症患者統一隔離是遏制大規模傳染的有效措施。據筆者了解，不少酒店同業願意作出配合，並正在與政府商討細節，盼望政府有關部門多從互相合作的角度，提供適當誘因和足夠防疫支援，同心做好防疫工作。

三是善用不同的閒置旅遊資源。因為郵輪停運，啟德郵輪碼頭再被閒置，如果政府認為有急切需要，相信業界也樂於配合，將碼頭用於臨時隔離或醫療用途，緩解醫院壓力，並由的士業成立專屬車隊接送求診者的消息。除的士外，政府也可靈活考慮旅遊巴是否適合用作接載輕症求診人士，如果有實際需要，相信旅遊巴同業也會樂意與政府討論。

筆者相信，在這特殊時期，只要各界積極作為、萬眾一心，以堅定的意志凝聚社會各界共識，必能迎難而上，戰勝第五波疫情。

2022 年 2 月 18 日《am 730》〈旅友時評〉

預算案持續支援旅遊業

財政司司長昨日發表《2022-23 年度財政預算案》，提出了多項有關香港經濟發展和旅遊業發展的措施，特別是司長預留十二億六千萬元支援和發展旅遊業，筆者表示肯定。

在預算案中，用了一定篇幅在旅遊業發展，亦吸納了部分業界提交的建議，反映了司長對旅遊業發展的重視。十二億六千萬元的支援和發展旅遊業撥款，有助推動同業進一步發掘本地旅遊資源和路線。透過發展本地文化古蹟深度遊，可為業界提供生存空間之餘，也可講好香港故事，為未來香港遊提升內涵創造條件，有助轉型和提升定位。恢復通關後，更有助香港抓住「一程多站」示範核心區和國際城市旅遊樞紐的新機遇。

另外，政府延長「預先批核還息不還本」計劃、豐富本地遊元素，提升本地旅遊配套，增設臨時職位、加強旅遊從業人員的培訓旅遊及發展規劃，並各市民派發電子消費券一萬元等，對於協助業務歸零的同業，發揮一定的支援作用。

鞏固航空客運業，對整體旅遊業復甦相當重要。航空客運業受疫情嚴重打擊，航空公司和從業員收入和生計大受影響，但在預算案內，卻未有就協助航空客運業解困提出具體建議，建議政府需為業界提供一定協助以維持國際航空樞紐地位。

另外，旅遊業作為最早受疫情打擊，又是最遲復甦的行業，旅遊業逼切希望政府能針對特困行業，推出「特困行業保人才計劃」，按每個季度定期審視行業情況，擬定下一季度援助安排，持續關注整個旅遊產業鏈的營業情況，補貼旅遊相關持份者的員工薪酬。

旅遊業已冰封超過兩年，要走出逆境，恢復正常營運，仍然需要政府財政扶持，在整個旅遊產業鏈內，亦有不少行業陷入長期冰封，希望政府考慮為旅遊業及相關特困行業設立「復業基金」，協助業界重新投入資源恢復正常業務。此外，在目前租值大幅下降的情況下，政府應重新評估酒店差餉，考慮業界惡劣經營情況，不應劃一本年度的差餉寬免額，退回多收差餉或提供更加合理的減免。

最後，控制好疫情，是旅遊業復甦的首要條件，希望政府和市民共同努力，盡快控制好疫情，讓本地以至跨境旅遊能有序恢復營運空間。

2022 年 2 月 24 日《晴報》〈旅友良言〉

旅業全面投入戰疫

香港第五波疫情急劇惡化，數萬計的每日確診數字，令每個抗疫環節壓力驟增，不論隔離設施、運輸、人力資源均面臨前所未有的挑戰。面對如此重大的公共衛生危機，社會各界的團結合作尤為重要，作為香港的一分子，旅遊業同業亦全力支援，投入抗疫，一呼百應！

本港目前欠缺足夠的隔離設施，輕症患者和密切接觸者均須在家隔離，情況並不理想。為盡快改善現狀，酒店業界踴躍參與社區隔離設施酒店計劃，提供房間數量遠超過政府預期。酒店業界也盡力協助，為有需要的醫護和抗疫專屬的士的司機提供房間，減少他們投入防疫工作的後顧之憂。另外，啟德郵輪碼頭也正在改建成為社區隔離及治療設施，為抗疫盡一分力。

在應對確診人員接送上，為減輕救護車運送確診病人的壓力，降低公共交通系統所承擔的衛生風險，多個旅遊巴商會繼抗疫專屬的士車隊後，也加入抗疫隊伍。旅遊巴商會積極提供協助，提供旅遊巴和司機，負責運送確診患者往竹篙灣、亞博等治療中心。

同時間，旅遊業議會迅速協助創科局招聘「居安抗疫」電子手環及防疫包派送員，配合已成立的派送小組，走訪社區發放電子手環及防疫包，同樣得到旅遊業從業員的踴躍參與，申請者是招募數量的十倍有餘。此外，檢測中心、疫苗中心前線同樣看到旅遊業從業員的身影。

疫情嚴峻，防疫抗疫工作追不上疫情的變化，特區政府必須承擔起抗疫的主體責任，積極快速改善。另外，社會也要團結一致，集合全社會的力量，將一點一滴的力量凝聚起來，盡好本份，減少外出，盡快打針。我相信在國家的支持和大家的共同努力下，我們定能渡過難關，戰勝疫情！

2022 年 3 月 4 日《am 730》〈旅友時評〉

發揮樞紐角色需要破格思維

疫情對旅遊業帶來沉重打擊，跨境旅客幾乎「清零」，如何讓香港國際機場在疫情後再次騰飛，是剛剛過去的全國兩會中，不少委員關注的議題。全國政協常委唐英年、黃楚標等一百四十多位全國政協委員聯名，集體提交了《關於在香港國際機場實施「一地兩檢」的建議》的提案，希望推動「一地兩檢」在本地機場落實設立內地口岸區，無縫接入全國空網。對於這個破格的建議，筆者非常認同。

香港國際機場對香港以至整個大灣區，均起着重要作用。在疫情爆發前的 2019 年，香港機場貨運吞吐量四百八十萬噸位列全球第一，旅客吞吐量七千一百五十四萬三千人次，排名全球十三。機場也在不斷擴建，由城市機場轉為機場城市，大型航天城項目將在 2022 至 2025 年分階段完工，三跑道系統預期在 2024 年全面啟用。「十四五」規劃中，中央政府支持提升國際航空樞紐定位，足可見香港國際機場的重要地位。

香港機場是重要口岸，隨着硬件不斷提升，日後每小時處理航班數、客運量、貨運及航空郵件總量將顯著增加，但要發揮樞紐效應，實現騰飛，需有「破格」之舉，如在三跑系統落成前實施「一地兩檢」，使香港機場可與未設航空口岸的內地機場開闢航線，提升香港與全國空運網絡的互聯互通，使香港國際機場的中轉功能得以充分發揮。

與此同時，也應同樣用「破格」思維簡化現有陸路及海路口岸出入境程序。2019 年，國家放寬外國人免簽政策，共有二十三個城市、三十個口岸對五十三個國家實施過境一百四十四小時、七十二小時免簽。於香港而言，亦優化了入境外國旅遊團進入珠三角地區和汕頭市一百四十四小時免簽，增加了入境口岸及擴大停留區域。若特區政府能配合好該政策，廣東省以外口岸以香港國際機場為入口，廣東省口岸則以各陸路、海路口岸為入口，全面簡化海陸空口岸的出入境程序，將大大便利一般市民和遊客，有助旅遊業界開發更多針對外國旅客的「一程多站」旅遊產品，吸引更多海外旅客訪港及經港遊內地，促進香港經貿、旅遊發展，融入國家發展大局。

疫情肆虐之下，通關被一再擱置，希望政府能盡快控制疫情，爭取早日通關復航，更應未雨綢繆、盡早規劃疫後的便利通關，推動香港成為國際城市旅遊樞紐及「一程多站」示範核心區。

2022 年 3 月 21 日《am 730》〈旅友時評〉

禁飛雖撤
熔斷猶在

香港疫情稍為回穩，本地經濟百廢待興，特首近日公布社會分三階段放寬防疫措施，同時宣布四月一日起取消九國的禁飛令。

作為國際航空樞紐的香港，受第五波疫情連累，往來香港的多國航班相繼停飛，政府陸續對澳洲、加拿大、法國、印度、巴基斯坦、尼泊爾、菲律賓、英國和美國實施禁飛，對身在海外的香港人帶來不便，也窒礙了商務往來。隨着香港出現廣泛的社區感染，繼續實施禁飛令，完全隔絕這些地區的人士回港，早已顯得不成比例，不合時宜，特首今次調整政策，實是應有之舉。

雖然禁飛令解除，但航班能否恢復正常，還要視乎航班「熔斷機制」帶來的變數。去年十二月政府進一步收緊航班的「熔斷機制」，只要一條航線七天內累積有四名，或是一班航機內有三名人士抵港時確診，該航線須即時熔斷十四天之多。這條門檻低，很易燒着的 Fuse（保險絲），將會嚴重打斷航班的正常營運，為乘客帶來極大不便。

外防輸入把關。可是，在實際操作層面，航空公司不是檢測或醫療機構，只能在乘客上機前，檢查旅客的接種證明和核酸陰性結果等資料。萬一真的有乘客抵港後確診，儘管確診原因不一定與航空公司有關，但責任就推在公司身上，公司要無辜地承受熔斷的懲罰，導致預定機票的乘客被拖延行程。機制不單為復航帶來極大的不確定性，更加重要的是，這種做法代價高，既不科學，更不精準，是「斬腳趾避沙蟲」的防疫手法。

香港既是國際金融中心，也是國際航空樞紐，很多商界人士表示，持續的禁飛已經對香港的經濟帶來沉重打擊，維持一定程度的對外人員往來，對香港經濟是至關重要。雖然政府取消禁飛令，但如此低門檻的航班熔斷要求，航班可持續營運多久，確實有很大變數。故此，為了維持人員往來，在抗疫和維持對外交往上作出適當平衡，政府應進一步檢討機制，科學及合理化地處理熔斷問題，最低限度要為機制減辣，減少航班觸及機制的機會。

2022 年 3 月 24 日《晴報》〈旅友良言〉

旅業須持續保就業

政府公布「優化版」保就業計劃詳情，作出六點修訂，當中也吸納了部分筆者和業界的建議。今次政府從善如流，從寬處理，快速反應，優化計劃中多項細節，如不再設置月薪上限，增設散工、兼職的半額補助，原屬剔除名單的亦被調整為受惠名單等，讓受惠僱員由一百三十萬增至一百七十四萬，涉及的公帑將達四百三十億，值得肯定。

香港受第五波疫情沉重打擊，政府統計處公布，去年十二月至今年二月失業率為百分之四點五，失業人數增至十五萬八千人，就業不足人數增約八萬七千人，相信一至三月份的數據，數字會進一步上升。至筆者截稿前，「臨時失業支援」計劃申請人數已錄得超過四十萬人。但即便如此，失業率數據也遠遠不足反映旅遊業的慘狀。過去兩年多，旅遊業務由斷崖式滑落至完全冰封，從未復甦過，企業垂死掙扎已久。因此，政府今次「保就業」亦有進一步完善的空間。例如在旅遊業從業員中，存在不少六十五歲以上已沒有強積金戶口僱員、停薪留職而沒有強積金供款僱員、兼職僱員和自僱人士，這些人士都需要政府根據行業的特殊性，酌情彈性處理申請安排，以助業界保留人才，為重啟業務做準備。

此外，現時保就業計劃只涵蓋五至七月，僅三個月，又是短期、「一鋪過」的安排。但旅遊業的窘境並沒可能在七月後就好轉，復甦漫漫長路，需要更持續、更精準的保就業支援。與香港有諸多相似的新加坡，自疫情爆發之初就開始推行就業支援補貼計劃（JSS），持續近兩年之久，並按照季度定期審視不同行業的受損情況，提供不同程度的資助。以旅遊業為例，補貼金額由最開始的七成五逐步調整為五成，然後根據新加坡的疫情情況，靈活在一成至五成之間來回調整，其他行業亦是如此，值得政府借鑑。

當然，長遠來看，「吊鹽水」非長久之計。穩控疫情，盡早實現與內地和國際的通關，讓百業復常，才是根本之道。希望全港市民，繼續同心抗疫，加緊接種疫苗，恆常進行檢測，盡快找出隱性患者，截斷傳播鏈，盡快終止第五波的疫情。

2022 年 4 月 15 日《am 730》〈旅友時評〉

調整熔斷起步走

自四月一日政府取消九國的禁飛令後，筆者一直跟進航班熔斷機制門檻偏低，太易觸動的問題，經過筆者和業界的不斷發聲，政府終於回應了業界的要求，接納了筆者的建議，引入按比例計算的門檻，從五月一日起按全機乘客總數百分之五或五名確診作門檻調整，以較寬鬆者為準，比過去只有三名大幅放寬，而熔斷日期也由七日減至五日，相信可大幅減少航班被熔斷的情況，便利港人回家。

政府亦宣布為抵港旅客引入快速測試，呈陰性後可到隔離酒店等候核酸測試結果，讓旅客不用在機場等候四至五小時，減輕旅客舟車勞頓的疲累，值得肯定。同時，政府取消了自疫情爆發以來，對外國旅客的來港限制，容許非香港居民從海外入境的安排。

這幾項措施，雖短期內對入境遊沒太大幫助，更多是方便了港人回家和商務入境，但無可否認，這是幫助本港有序恢復來港航班的第一步。因亞太地區已有不少地區取消已打針旅客檢疫要求，亦正考慮取消檢測安排。香港的熔斷機制和檢疫措施繼續維持，外航都會將運力放在全面開放的地區及國家，來港航班能恢復到幾成，仍有待觀察。

誠如很多專家指出，航班熔斷機制目前的實際預防作用很微，繼續採用嚴厲的熔斷標準，只會「贏粒糖、輸間廠」。入境政策的確應該根據防疫形勢的改變、疫苗接種率的高低、新冠疫情的發展態勢動態調整。過於嚴格的防疫措施不可持續，也讓社會付出太大的經濟代價，但如何實行科學和有效的風險管控，這是政府應不斷深入研究的課題。曾經出現的漏洞要及時堵住，在內防反彈和外防輸入之間，尋求更加科學的防疫方法，而非反覆在放寬和限制之間橫跳、兜轉。

同時，香港要穩住國際航空樞紐的地位，還應盡快解決北上轉機問題。自疫情爆發以來，前往內地各目的地的過境／轉機服務暫停已久，僅在去年八月恢復了由內地出發經香港轉機的單向航班。這對香港航空業可謂是致命打擊，香港國際機場不僅服務本港七百多萬市民，更面對內地的廣大腹地，一日不恢復北上轉機，其樞紐地位徒有其名。

2022 年 4 月 29 日《am 730》〈旅友時評〉

「三三四」模式多走一步

特首早前公布，將在今日開始，提早放寬三項社交距離措施，包括食肆每枱人數增至八人、重開泳池沙灘、取消戶外運動和郊野公園的口罩令，讓社會早日復常。對旅遊業界來説，這也可説是一個小小的好消息。

從業務的角度看，用餐放寬至八人一枱，有助同業舉辦一些人數較多的本地團，亦有助刺激酒店餐飲宴會業務。另外，過去的防疫措施，政府多是「收緊快，放寬慢」。今次主動提早放寬，對商界和社會都是正面訊號。事實上，經過復工復課，復活節和勞動節假期，確診個案仍有所下降，可見香港建立了較強的免疫屏障，再加上隔離和醫療設施已大幅擴容，香港不單有條件進一步放寬本地的社交距離限制，也有條件逐步放寬香港對內對外的交往限制。

政府早前取消了禁飛令，並允許非港人入境，航班熔斷機制雖然未完全取消，但門檻有所放寬。可是，旅客及市民往返香港的最大障礙，最主要是抵港七日的強制檢疫要求。誠然，香港要外防輸入，難以像其他地區，一步到位即時取消檢疫，但政府也應審視疫情，制定精準的檢疫要求，為通關復航多走一步。

由於 Omicron 的潛伏期短，加上疫苗日漸普及，建議政府可考慮對抵港人士，引入「三三四」的檢疫要求，即是對已接種三劑疫苗的人士，將原來七天的酒店檢疫，改為三晚酒店檢疫加四天家居檢疫，而在家居檢疫期間，抵港人士需佩戴電子手環，並在遵守防疫要求下（例如必須全程佩戴口罩，不能在食肆堂食），可允許短時間外出進行一些低風險活動。至於未能在家居檢疫的人士或旅客，可繼續在酒店檢疫，如他願意佩戴電子手環，也可允許外出進行一些低風險的活動，例如出席工作會議。而目前對檢疫人士的檢測要求，須繼續維持。

隨着疫情受控，很多國家已經取消檢疫，基於外防輸入的需要，香港不能全面通關復航，走在世界最前；但作為國際城市，我們不能在解封復航之路上，走在世界最後。筆者借此建議拋磚引玉，希望社會能對如何逐步解封，有更多的討論，讓香港與國家和世界，有序地重新接軌。

2022 年 5 月 5 日《晴報》〈旅友良言〉

對新一屆政府的期望

香港第六屆政府二十六名主要官員塵埃落定，成員背景多元，獲得普遍認可。在愛國者治港的前提下，新班子多元、團結、執行力強，既有熟悉政府運作的公務員，又有專業界別的精英，也有緊貼基層的政黨和工會朋友，匯集了各界精英翹楚，充分展現出新團隊、新氣象。

面對香港由亂轉治，由治及興的關鍵五年，筆者對新一屆特區政府有無限的期望。首先希望能群策群力，充分運用集體智慧，加強與立法會的合作，解決各項經濟、民生問題，為旅遊業解困，為青年人帶來更大的發揮空間，施政更貼近民情民意，想民所想、解民所困、為民謀福。

其次，筆者希望藉文體旅局的成立，新班子敢於革故鼎新，將三者共冶一爐、高度融合，充分借鑑內地及海外的成功案例，為本港的文化地標、體育項目等賦上旅遊價值，吸引全球遊客到訪，不單繼續傳承好客之都、購物天堂、美食天堂的傳統，更要發展中外文化藝術交流中心和國際航空樞紐的角色，在疫情解除後的新形勢下，為香港旅遊業開闢旅遊新蹊徑。

新任特首強調施政以結果為目標，筆者希望新班子真正做到改善民生，以復甦各行各業為目標，制訂時間表與路線圖，以實際行動交出良政善治成績表，不負市民的期望。

2022 年 6 月 23 日《am 730》〈旅友時評〉

多措並舉
鋪路通關

明日便是香港回歸二十五周年大慶，與內地通關復航的議題，再次湧上筆者心頭。這不單是旅遊業的訴求，也是絕大部分市民的祈盼，亦是新一屆政府最逼切的工作。

筆者理解，以客觀存在的現實而言，香港疫情和內地仍存在較大差距，短時間內香港社會也難以達到內地的防疫標準。但促進兩地人員流動，政府仍有較大空間可作為。

其一，是點對點閉環管理。社會各界就「局部」通關貢獻不少良言善策，筆者認為除了商務原因外，可考慮以閉環方式開通「探親通道」，以人道主義考慮，實施有限度探親。另外，也可為旅遊業引入「團進團出」的概念，讓旅客在指定的路線和地點旅遊，為開通旅遊踏出第一步。

其二，是爭取縮短檢疫日數。因應 Omicron 變種的特性，內地第九版新冠肺炎防控方案已將入境隔離時間從原本的「14+7」日改為「7+3」日。故此，希望政府能向中央政府反映，在可行的情況下，爭取盡量減少隔離日數，減少旅客的時間和經濟成本。

其三，是逆向隔離和處理交通瓶頸。內地隔離檢疫酒店供應非常有限，香港市民預訂健康驛站出現嚴重困難。雖然深圳最近增加名額由每日數百個增至一千三百個，但仍嚴重不足。政府可建議「逆向隔離」，讓返回深圳或珠海的港人可在香港的隔離設施進行檢疫。同時，香港回內地的交通存在嚴重瓶頸，不論是返回珠海的金巴車票、還是返回內地城市的機票，都一票難求，這些問題也需政府與內地溝通，以滿足港人回內地的需求。

其四，是統一檢測安排。有不少在香港檢測陰性的個案，在過境時被驗出不確定或陽性，旅客要被逼折返，相信部分是兩地檢測標準不一導致，希望政府加強檢測標準的協調，減少對旅客的困擾。

最後，筆者希望「來港易」能適用於全國。現時「來港易」計劃只適用於從廣東省或澳門出發的內地居民，但從科學防疫來看，其具備與「回港易」採用同樣適用範圍的條件。希望能盡快適用全國疫情受控的地區，促進兩地的人員流動。

2022 年 6 月 30 日《晴報》〈旅友良言〉

結合「紅黃綠」快推「3+4」

筆者近日進行了一項電話隨機抽樣的民調，成功訪問了六百九十七名市民，發現百分之八十二點五市民贊成政府放寬現時七日的入境檢疫要求，七成市民認同「3+4」的檢疫方案，即三天酒店檢疫，四天居家檢疫。可見民意非常清晰，希望政府盡快放寬檢疫要求。

政府明日推出「紅黃碼」制度，確診者的紅碼，居家隔離的黃碼，配合限制進入場所及電子手環等措施，用更精準和科學的方法，有效遏制病毒流入社區，做到「要圍住有病的樹，而非圍住無病的樹」，可為縮短抵港人士檢疫時間創造條件。筆者希望政府盡快縮短檢疫日期，實施「3+4」方案，以處理香港市民回家難的問題，以助酒店流轉，也讓香港可逐步恢復商務往來和連通國際，協助旅遊業復甦，鞏固香港國際航空樞紐地位。

當然，要解決暑假旺季檢疫酒店不足的問題，政府要多措並舉，除考慮「3+4」方案，也應盡快再增加檢疫酒店數目，必要時可考慮調動閒置而具備獨立洗手間的檢疫設施，為抵港人士檢疫，紓緩市場對酒店房間的殷切需求。

可是，旅遊業距離全面復甦仍是漫漫長路。短期內，與內地實現疫前的免檢疫通關並不樂觀，香港出入境內地的旅遊市場何時恢復仍是問號。與此同時，政府「保就業」計劃將在七月屆滿，若政府不盡快設立特困行業「保就業」計劃，協助業界挽留人才，旅遊業有相當一部分持份者難以撐到復甦的來臨。筆者希望政府從善如流，充分考慮旅遊業的生存需要，解業界的燃眉之急。

2022 年 7 月 14 日《晴報》〈旅友良言〉

多措並舉
救旅業於危難

隨着多國放寬檢疫要求，全球的旅遊業正逐步復甦。可是香港的旅遊業務仍然處於冰封，第五波新冠肺炎疫情已持續七個月有餘，旅遊業生死存亡的緊逼性不言而喻。

在第五波疫情下，政府在「防疫抗疫基金」下推出了為期三個月的保就業計劃，幫助了各行各業生意復常，唯獨旅遊業仍然未見到復甦的曙光。

故此，政府應對旅遊這類特困行業，特事特辦，延長保就業計劃，並因應行業實際情況，及時推出針對性支援措施，以拯救垂危的旅遊業，讓同業能撐到與內地通關的一天，渡過這久未過去的難關！

其次，筆者七月以來，接獲大量海外港人求助個案，絕大部分均是港人回家無門的絕望案例。筆者一直倡議政府盡快引入「3+4」方案，迅速調整酒店檢疫天數。相信「紅黃碼」加上戴手帶措施能更精準地遏制病毒流入社區，「3+4」是多贏政策，能即時紓緩檢疫酒店不足，解決港人返港痛點，亦能讓旅遊業出入境市場看到一絲曙光。

此外，全球的郵輪業務已在復甦，香港是極少數的例外。雖然特區政府在五月下旬已允許復辦郵輪公海遊，但香港極為嚴厲的「熔斷機制」，令郵輪公司望而卻步，業界很希望政府可以繼取消航班的「熔斷機制」後，再取消郵輪的「熔斷機制」，為同業帶來營運空間。

2022 年 7 月 21 日《am 730》〈旅友時評〉

發展旅遊要配套先行

剛剛過去的周末，筆者與業界再赴沙頭角踩線考察，行至荔枝窩碼頭，發現碼頭破損程度令人堪憂。

疫情之下通關遲遲未有消息，沙頭角邊境禁區遊成為港人出行的熱門路線，而荔枝窩是沙頭角之行的必到之地，碼頭如此簡陋破損，以至需要臨時加浮台才能讓船停靠，嚴重影響出行體驗。

呈長條形的荔枝窩碼頭本身非常狹窄，兩側均無欄桿，大風一吹便有跌入水的危險。即使完成修復，同時間也僅夠一艘船通行。如若之後路線成熟，想必會有更多旅遊包船到訪，勢必會與正常交通航次衝突。有限的接待能力十分影響該旅遊線路的發展。

其次，碼頭全無上蓋遮頂。無論高溫還是雷雨天，都會讓遊客日曬雨淋，行至三百米左右才有避雨點，欠缺人性化。政府顯然已意識到碼頭問題，於今年六月刊憲，擬對荔枝窩碼頭進行改善工程，提升遊客上落船隻時的安全。工程預計 2023 年年中展開，2026 年完成，竣工前只能用臨時碼頭的形式接待遊客。

筆者憂慮如按此進度改造，沙頭角禁區一帶的旅遊發展速度必受影響。目前，沙頭角禁區本地遊已開放第二期申請，按現有模式推行至十一月尾。筆者希望第二期結束後，能擴大組團日期、增加參與旅社數量，更能在參觀範圍上做適當延展，如將極具歷史意義的中英街囊括在內。而荔枝窩村成為香港聯合國教科文組織世界地質公園的一部分後，有很大的發展空間。除村內獨特的人文風情，近岸成片的紅樹林及區內古樹風水林，都讓其成為遠足和生態遊的熱門勝地。若能加速荔枝窩碼頭的改造工程，並隨之發展荔枝窩民宿等配套服務，乘《北部都會區發展策略》東風，就能為本港旅遊業的發展添磚加瓦。

荔枝窩碼頭的問題，又是景點欠缺旅遊配套的另一例子，儘管香港不乏值得觀賞的景點，但往往因為欠缺旅遊的考慮，令這些景點的潛力未能發揮。筆者希望政府能完善旅遊基建，除上文提及的荔枝窩碼頭外，還應考慮將新娘潭路通往沙頭角公路的鹿頸段擴闊，讓旅遊巴通過，大大縮短行程時間，也利於旅遊業界設計、開發、規劃更多豐富的本地遊線路。

2022 年 7 月 28 日《晴報》〈旅友良言〉

「3+4」是重要中途站

特區政府檢視數據，最終接納了筆者和業界倡議的「3+4」方案，筆者對此表示歡迎和支持，社會反應也正面。但「3+4」方案只是香港對外通關的重要中途站，期望政府能在第四季度實現入境免酒店檢疫，並且在短期內盡快推出措施，支援面對一定壓力的旅遊同業。

酒店業界在措施實施之後，流轉加快，將可緩解檢疫酒店房間不足問題。但與此同時，酒店需要面對數以萬計的退款安排，旅客入住天數減半，變相令檢疫酒店辦理入住、退房、執房、清潔消毒的工作量也倍增，這可以想像經營成本和人手壓力也非常大。前線人手短缺一直困擾酒店業，新措施下這問題將更為突顯。

航空業自然也受惠新舉措，客源需求增加，便可逐步邁向復甦。但現時航空公司運力有限，有飛機都未必夠人手，而且受制於機組人員嚴格閉環管理檢疫的規定，直接影響到航空公司增加往返香港航線的能力。筆者希望政府能在可行情況下，再全面檢視機組人員的防疫限制，維護本港國際航空樞紐地位，讓航空公司能根據市場需求調整運力。

對於旅行社業界，筆者相信，新舉措對商務和探親的入境旅客，刺激作用較大，但對於觀光旅客而言，由於大部分地區已放寬檢疫，旅客有其他更方便的選擇，實施「3+4」的香港難有吸引力。在出境遊方面，據旅議會數據，今年

六、七月僅逾二百個旅行團登記，當中不少因人數不足而未能成團，結果只有二十二個旅行團成功成團，加上每團的人數只得兩至四名團友，業務空間仍是非常有限。新措施雖然會提升港人出遊意慾，但業界組團仍是困難重重。

「3+4」計劃是冰封多時的旅遊業界邁向復常的重要一步，但近三年的業務停滯，整個旅遊產業鏈都面對十分嚴峻的人才流失問題。筆者希望政府能持續關注旅遊業，支援企業挽留人才，盡快在年底前實現入境免隔離檢疫，同時在短期內盡快推出措施，支援特困的旅遊同業，向業界提供通關時間表以作準備，協助業界支撐到復甦來臨。

2022 年 8 月 11 日《晴報》〈旅友良言〉

善用檢疫酒店
港當「中轉檢疫港」

通關復航，不單是旅遊業的訴求，亦是市民的共同意願，也是新一屆特區政府最逼切的工作。本屆政府上任不足兩個月，先暫緩了航班熔斷機制，又實施「3＋4」檢疫，為香港恢復對外聯繫踏出了重要一步。

在對內通關方面，由於香港與內地的疫情存在較大差距，要完全免檢疫通關，是脫離現實的；目前的問題是，就算是回內地檢疫，仍然是困難重重。雖然內地已經將陸路口岸的北上名額增加至二千四百個（深圳二千個，珠海四百個），但與過去每日十多萬入境人次相比，只是九牛一毛；從機場返回內地，機票也是一票難求。

雖然內地應特區政府要求，額外增設了「人文關懷」名額，但對大部分回鄉人士來說，回鄉的樽頸還是「有壓力、未解決」。

為了處理好樽頸問題，有不少人士提出「逆向隔離」建議，即讓返回內地的港人，可在香港的隔離設施進行檢疫。據悉，行政長官李家超前往廣州和深圳，也將探討此方案，以便利港人返回內地。

要內地接納「逆向隔離」的構思，首要是讓內地信納香港檢疫設施的管理，符合內地要求，避免疫情倒灌，從而建立內地對「逆向隔離」的信心。這取決於兩項關鍵因素，一是設備本身是否適合，二是營運者的經驗和能力。

現時社會討論過的檢疫設施，主要是在本港第五波疫情期間建設、可提供五萬個床位的九個社區隔離設施。擁有獨立洗手間的竹篙灣和啟德，已經投入用作隔離確診者，前者的使用率更高達七成，不太可能用作「逆向隔離」；合共有一萬三千張床位、又靠近內地的落馬洲方艙和港珠澳大橋人工島方艙，被坊間認為是「逆向隔離」的「熱門」選擇。

至於管理方面，現時社區隔離設施是由保安局和民安隊負責管理，並聘請旅遊、健身和展覽等業界人士提供支援，再配備保安和清潔人員等。如果啟用新的方艙，政府必須要再增聘人手，重新培訓，才能投入服務。

要達到設備和營運的要求，其實合資格的檢疫酒店，也是政府應考慮的選擇。過去兩年多，有近七十間酒店營運了檢疫酒店，在防疫要求、人員培訓、閉環管理、點到點的交通服務，甚至與政府的溝通和協作，都累積了大量經驗。這些擁有豐富實戰經驗的前線人員，可以給予內地和特區政府足夠的信心，做好「逆向隔離」的標準；如有需要，部分酒店更可以做到職員全程閉環管理，直接在酒店內住宿的要求。

更重要的是，使用酒店的好處，是政府不用額外聘請人手，也不需處理檢疫設施由誰營運的問題，並且可以讓設施盡快投入服務。

在供應方面，其實自政府實施「3+4」後，檢疫酒店的流轉加快，供應足以滿足「逆向隔離」的新增需求；倘若特區政府日後進一步調整入境要求，實施免酒店檢疫，屆時酒店將有更大的空間，應付「逆向隔離」的需要。

另外，有部分港人和商務旅客非常重視檢疫設施的環境，由於內地檢疫酒店是隨機編派，旅客不能選擇，隔離設施的不可預測性，是窒礙部分港人和商務旅客到內地檢疫的考慮之一。如果能使用香港的酒店作「逆向隔離」，可為不同要求的旅客提供各類酒店選擇，讓香港可以成為港人及海外旅客到內地的「中轉檢疫港」，發揮香港南大門的作用，以便促進人員流動，有助鞏固香港航空樞紐的地位，也有利國家與海外恢復人員往來，聯通國際。

2022 年 8 月 30 日《經濟日報》

打造香港特色紅色之旅

上周六是中國抗日戰爭勝利七十七周年，筆者有幸與羅氏後人、東江縱隊老兵、一眾官員和立法會議員一起見證香港沙頭角抗戰紀念館（原羅氏大屋）揭幕典禮。這是香港第一間集中介紹中國共產黨在香港歷史貢獻的紀念館，磚牆青瓦的建築風格，配搭門簷下的金字牌匾及門前戰士銅像，肅穆莊嚴的氛圍讓人瞬間穿越回港九大隊的崢嶸歲月。

1941 年日本偷襲美國珍珠港，隨後侵略香港，十八日之後，港英政府宣布投降，香港淪陷。中共領導的廣東人民抗日游擊隊的一支武工隊隊員羅汝澄進入香港沙頭角，以羅家大屋為落腳點，開闢根據地。羅家大屋及羅氏家族從此與抗日結下不解之緣，前者成為港九大隊的活動基地及交通站；後者則被愛國精神激勵，湧現出羅汝澄、羅歐峰、羅許月、羅雨中等十一名抗日戰士，成為「香港抗日第一家」。在紀錄館內，保留了羅氏大屋的原有佈局，多間房間內附有照片、解說、仿製電報機及步槍，方便遊客直截了當了解當年的抗戰歷史。

事實上，香港不乏這樣的紅色歷史景點。大家較為熟知的，有烏蛟騰抗日英烈紀念碑、西貢斬竹灣抗日英烈紀念碑園、元朗凹頭潘屋及元朗十八鄉楊家村；還有不少隱於市的紅色景點：供奉一百一十五名東江縱隊烈士的大會堂紀念公園、九龍彌敦道一百七十二號的新華社舊址、香港皇后大道中十八號二樓的八路軍駐港辦事處舊址⋯⋯均記錄香港參與抗戰的點點滴滴。

可是，公眾對這些景點的認識有限，有部分的交通配套仍有待改善。筆者希望，政府要檢示旅遊配套，並且支持旅遊業界打造香港特色的紅色旅遊路線，更可將範圍拓展至孫中山史蹟徑、文天祥公園等，不局限於近代史，讓愛國主義教育走出課室，成為寓學於遊的旅遊線路，推動本港青少年及民間的愛國主義教育。

2022 年 9 月 8 日《晴報》〈旅友良言〉

深化深港合作
把握「一帶一路」

融入國家發展大局，抓住國家發展帶來的歷史機遇，是香港未來發展的重要策略。作為國策的參與者、貢獻者、受益者，香港一方面要積極與深圳深度融合發展，實現優勢互補；另一方面要主動爭取「一帶一路」機遇，乘大勢而為。

首先，從旅遊業的角度看，港深坐擁珍貴的自然資源，在保育和生態旅遊方面潛力巨大。目前北都規劃倡議「雙城三圈」，即深圳灣優質發展圈、港深緊密互動圈，與大鵬灣印洲塘生態康樂旅遊圈。在深圳市四個行政分區中，鹽田區包括沙頭角，主要產業就是運輸和旅遊。按照規劃，鹽田區將會加快建設沙頭角深港國際旅遊消費合作區，包括重要旅遊消費項目優先供港經營，允許香港旅遊消費服務機構進駐，目標是能與北都深度對接。

此前，保安局回應旅遊業界訴求，首階段開放「沙頭角禁區本地遊」，旅行團可於周末和假期，到指定區域和周邊的荔枝窩、鴨洲、吉澳等旅遊景點遊覽，豐富本地遊體驗，為港深跨境旅遊踏出重要一步。筆者期望政府在平衡邊界保安、當地居民生活後，應就開放中英街及其他具旅遊潛力的邊境禁區構思具體方案，在疫情後盡快落實。

除開放邊境禁區，政府必須打通連接內地的交通脈絡，優化本港交通運輸基建，包括加快研究港鐵北環線延至沙頭角口岸、拓闊沙頭角公路和鹿頸路；亦須完善沙頭角海上交通配套，以配合鹽田區着力發展臨港產業，以及濱海旅遊基地的定位，令到遊客在圈內能有外島遊、邊境遊等休閒度假選擇，創造更多港深東部「一程多站」的旅遊產品，促成旅遊業升級轉型。

其次，香港背靠祖國、聯通世界，是「一帶一路」建設的重要節點。正如國務院副總理韓正在剛舉行的「一帶一路」高峰論壇所言，香港應做強專業服務，成為「一帶一路」綜合服務平台，為「一帶一路」建設提供法律、航運、金融、諮詢等專業服務；香港也應加強人文交流，促進「一帶一路」沿線民心相通。

機場新三跑道系統提升運力，有利香港主動促成航空會談，爭取「一帶一路」沿線六十多個國家的航權，建設「空中絲綢之路」，有效承接各方發展規劃，對接市場需求，打造世界級機場群和樞紐經濟產業帶，助推香港經濟高質量發展，鞏固國際航空樞紐地位。

同時，積極發揮對外文化交流窗口作用，活用本港新建成的文化地標，講好中國故事，講好「一國兩制」成功實踐的香港故事，將中華文化的精髓通過旅遊的形式，傳達給本地居民、內地及海外遊客，促進文化相融、民心相通，建設成為中外文化交流中心。

本港旅遊業仍然處於冰河時期，業界急切希望盡快正常通關。縱然如此，政府要利用旅遊業這段無何奈可的「空白期」勇於作為，加緊與內地部委溝通，落實對接，主動配合大灣區、「一帶一路」等重要國策。在本地方面，則要做好跨境交通連接、旅遊硬件配套、提升通關便利等各項範疇。配合國家發展步伐，香港旅遊業未來仍大有可為！

2022 年 9 月 9 日《星島日報》

激活旅遊業
還看航空大交通

筆者上周聯同 G19 議員，向行政長官李家超提交了旅遊業界對《施政報告》的建議。筆者特別指出，「3+4」方案對旅遊業的幫助有限，行業的彌留狀態並未得到改善。盡快輸氧、提供支援、實施入境免隔離檢疫安排，才能急旅遊業所急。

政府近日從善如流，駐港機組人員核酸檢測為陰性，則毋須在酒店檢疫。本港航空公司旋即調整計劃，十月開始陸續增加航班。然而，非駐港機組人員仍需在酒店隔離，十分不利於吸引外航來港。

事實上，在「3+4」實施之後，每日抵港航班僅微升百分之五點九，平均每日錄得五十四班航次，與已放寬檢疫的新加坡機場每日約二百五十班相比，相距甚遠！

數據反映，香港一日未實施免隔離通關，檢疫政策未與其他地區看齊，旅客和機組人員來港的意欲不高，而作為旅遊業的上游持份者的航空業未能全方位復航，下游的產業鏈包括旅行社、酒店、會獎、出入境旅遊等勢必繼續坐困愁城。

筆者希望政府明白航空業恢復運力需時，要加快步伐聯通國際，需盡早採用更科學和低社會成本的方法替代入境隔離檢疫，為外航來港創造誘因，打通航空這一大交通的任督二脈，才能為各行各業帶來客源，從而使國際航空樞紐的定位發揮真正的效用。

2022 年 9 月 15 日《am 730》〈旅友時評〉

「0+3」過渡「0+0」

政府上月推出「3+4」措施，筆者屢次提出這「中途站」不能停太久。政府應積極考慮，盡快在十月實施「0+3」作短期緩衝過渡，十一月實現「0+0」，以救本港經濟和彌留的旅遊業。

面對世界各地放寬檢疫，香港現時各項隔離和檢疫措施，令香港好客之都、盛事之都的美譽拱手相讓。旅客不願來港，航空和郵輪公司不願來港服務，本由香港舉辦的多項國際盛事轉到其他城市，如果政府不果斷放寬限制，恐怕有很多的國際活動，會一去不返。

坊間討論得比較熱烈的「0+7」方案，即是取消酒店檢疫安排，用七天黃碼以達到外防輸入的作用。但對入境旅客來説，登機前要做核酸檢測，來港後有七天不能進出餐廳、樂園、博物館，還要在香港這個美食之都，天天以外賣充饑，如此的限制，怎樣和其他城市競爭呢？

故此，筆者認為政府應在十月盡快實施「0+3」方案，並取消抵港前核酸檢測，將黃碼的日期縮短至三日，讓社會和業界早作準備，提升接待能力，並且持續觀察輸入個案對醫療系統帶來的實際影響。用一個較短的過渡期，在十一月再進一步，透過定期快測等不同手段，實現「0+0」的安排。

對於旅遊業來說，最重要是看到全面復常的路線圖和時間表。然而，旅業要真正復常，與內地的通關才是重中之重。疫前（2019 年），本港入境旅遊市場內地遊客達四千三百七十八萬，佔整體訪港遊客的百分之七十八；出境旅遊市場，赴內地八千零五十萬人次，佔總出境遊市場的百分之八十五。如此規模市場，若不恢復，旅遊業始終都只是續命。筆者早前提出，使用香港酒店用作逆向隔離，讓香港可成為中轉隔離港和整個內地的南大門，為便利旅客返回內地踏出第一步。只有全面復常通關，才能讓香港國際航空樞紐、中外文化交流中心的角色發揮作用，希望特區政府和香港社會，共同創造條件，加快接種疫苗，推動復常。

2022 年 9 月 22 日《晴報》〈旅友良言〉

第3章

推復甦拼經濟 振旅業促轉型

2023 拼復甦

踏入 2023 年，香港終有望對內對外全面通關復航。筆者截稿之前，仍在等待政府公布與內地通關的具體配額和安排。能與內地逐步有序全面通關，市民殷切期待，對旅遊業也是一大喜訊，業界都在積極準備，希望能盡快重啟與內地的旅遊互通。

2022 年旅遊業是求生存，2023 年就要拼復甦。同業要重新啟動業務，首先要解決人手和資金周轉等問題，亦要用心打造具吸引力的旅遊產品和進一步提升服務水平。復甦之路，也不會是一帆風順。例如最近有些國家走了抗疫的回頭路，重新要求對香港旅客進行核酸檢測和限制航班，原訂的行程大受影響，旅客無辜受罪，作為旅遊業界對此深感無奈。由此可見，旅遊業是多麼的脆弱，極易受到天災、人禍和地緣政治所影響，邁向復甦仍有漫漫長路。

面對逆境拼復甦，業界首先要自強，為旅客提供優質服務，做好產品，提升客人的體驗。政府在扶助旅遊業發展上也是責無旁貸，不單要回應業界設立復業基金的訴求，支援整個旅遊產業鏈，相關部門亦應盡早與業界溝通，為旅客重臨做好準備。筆者正在撰寫對新一屆《財政預算案》的建議，希望各位同業積極發聲建言，讓旅業的復甦之路，走得更快更穩。

2023 年 1 月 5 日《am 730》〈旅友時評〉

預算案的必答題

先祝各位讀者新年進步，身體健康，心想事成！

旅遊業捱過最苦的虎年，希望兔年可以苦盡甘來，踏上真正的復甦之路！但萬事起頭難，冰封三年，很多業務幾乎要由零做起。筆者在上期專欄已指出，從數據看，業務同疫情前仍有一大段距離，復甦會是一段漫漫長路。

旅遊業是重要的經濟引擎，如何讓這個引擎盡快重啟，是下月公布的《財政預算案》的必答題。早前筆者向財政司司長提交了多項建議，希望政府提供支援，讓整個旅業產業鏈在復甦的道路上，行得更易、更穩、更快！

最重要和急需的，是財政支援。業界一直要求政府設立旅遊業復業基金，支援企業聘請人手，吸引富經驗的同業回流，重置或翻新設施，以及為停擺三年的車船，提供檢驗和維修的資助。另外，政府在疫情期間推出的「百分百擔保特惠貸款」，由於是按當時營運成本計算借貸額度，對業務冰封的旅遊業幫助有限，政府應考慮業界特殊困境，為旅業推出專項優惠貸款計劃，以助業界解決資金壓力問題。

第二，是推出新一輪「旅行社鼓勵計劃」。計劃是 2019 年底推出，為接待入、出境過夜旅客的旅行社提供鼓勵金，但因疫情關係，業務冰封，計劃前期發揮作用有限，隨着復常通關復航逐步落實，政府應推出新一輪計劃，增加鼓勵金，在復甦的起步階段，發揮扶助旅業和吸客的作用。

第三，是減省企業的營運開支。酒店業務萎縮，亦要面對成本大增的壓力，政府應減免差餉，以及提供電費補貼，減輕其經營成本。另外，政府應繼續透過機管局，豁免或寬減與航空業營運相關費用，幫助航空業和機場業務復甦。

第四，是人才培訓。酒店業協會的調查顯示，疫情期間流失了近三成全職員工，旅行社更是流失一半以上，整個旅遊產業鏈都面對重新招聘人手難問題。筆者建議設立「培訓旅遊業人才專項基金」，補貼旅遊產業鏈的企業，用以增加在職培訓名額和實習機會，補充業界人手。

最後，是要有針對性地加強對外宣傳推廣，重新連接不同市場。政府應設「旅遊業專項推廣基金」，透過旅發局與旅遊產業的持份者一起，制定精準的市場推廣營銷策略，做好吸客的工作。另外，政府應舉辦更多盛事和重振會展活動，推動文體旅的融合，吸引更多高增值過夜旅客。政府也要重新鞏固香港航空樞紐地位，開拓更多航點，連繫全球。

2023 年 1 月 26 日《晴報》〈旅友良言〉

合力辦好遊學團

香港與內地已復常通關，學校終可由四月起為公社科學生開展內地考察團，專注擅長提供遊學服務的同業終見曙光。疫情前不少同業攜手教育界，透過專業遊學、研學行程，讓青少年學生寓學於遊，認識祖國，擴闊視野。但受疫情打擊，遊學團已停辦近四年，當局須深入與業界溝通，了解行業目前實際困難，才可確保考察活動順利展開。不少同業向筆者反映，今次教育局邀標通知期太短，簡介會前一天才收到邀請，且要在十多天內落標，有一定難度。標書要求甚高，如旅行社在過去六年舉辦過十個、人數逾七十二人的遊學團；跨境旅遊巴要少於五年車齡；要求領隊導遊有五年或以上經驗。

不少同業只收到二十一條路線的其中一條線邀請報價，旅行社是不能按自己擅長的路線入標，變相收窄政府選擇。墊支是另一個頭痛問題。在考察團完成後，旅行社需呈交報告給政府審批，按以往經驗至少兩三個月才收到團費，要墊支所有費用。這對剛從疫情中甦醒，已彈盡糧絕的同業是極大困難。希望教育局多與業界溝通，在招標過程中，更加合理和透明，並可考慮先付一部分給旅行社支付按金，或是為業界提供免息貸款，讓更多有心的同業可參與投標，讓學生有更優質的遊學經歷。

2023 年 2 月 16 日《am 730》〈旅友時評〉

在「旅淘」上重新出發

受到線上平台的普及化影響，對傳統旅遊業的營業生態帶來很大衝擊，善用資訊科技，是旅遊業升級轉型不可或缺的元素。

近年來，內地線上旅遊快速崛起，B2B 平台（八爪魚、笛風雲、51book、欣欣文旅），與 B2C 平台（攜程、飛豬）、垂類網站（智行、無二之選）、UGC（馬蜂窩、窮遊）、營銷媒體（小紅書、抖音）、目的地服務（美團）、旅遊金融（途牛金服）、出行信息（飛常准、航旅縱橫）及線上支付（WeChat Pay、支付寶）打造出完善的線上旅遊生態圈，為內地的線上旅遊行業添柴加薪。

由於市場規模和資源等問題，香港難以完全參照以上例子，但在大數據化的競爭環境下，傳統旅行社不能絕緣於線上平台。故此，筆者和眾多同業，倡議打造一個支援旅行社的 B2B 線上平台，進行業務配對、認識同業、拓展商機。即使需求甚殷，由於開發成本、資金、由誰主持營運、如何確保平台以服務業界為宗旨等問題，令概念難以落實。

所幸在政府的支持下，旅議會利用疫情的空檔期打造全新的旅遊資源平台「旅淘」，並在全面通關後的三月正式啟用，可謂應運而生，意義非凡。

意義之一，是以「旅遊＋」的概念推出，將旅遊產業鏈上的各種元素滙入，打造旅遊市集，幫助旅業互通、共享優勢資源，方便同業交流合作、推介分銷，包裝高增值旅遊產品。之二，配合《粵港澳大灣區文化和旅遊發展規劃》及「一帶一路」的國策，成為粵港澳大灣區旅遊資源推介平台，幫助業界開發「一程多站」旅遊產品，促進灣區成為世界級旅遊目的地；之三，是發揮旅議會總商會的職能，透過科技服務會員，協助香港旅行社升級轉型。

疫情重塑旅遊生態，筆者希望同業能積極加入「旅淘」，以此為起點，建立香港本地的線上旅遊平台。在 B2B 平台發展成熟的基礎上，希望政府繼續支持旅議會下一步協助業界打造綜合性 B2C 平台，讓業界走上科技轉型之路，在「旅淘」上重新出發。

2023 年 3 月 23 日《晴報》〈旅友良言〉

再談人手問題

人手短缺制約旅業復甦是筆者近半年來不厭其煩地向政府反映，爭取解決的逼切問題。最近，出席業界活動，業內人士大吐苦水，指政府遲遲未推出有效政策，解決人手問題，窒礙香港的旅業復甦。受人手問題制約，現時跨境陸路、海路客運和旅遊巴服務都只能恢復到疫前的六至七成運力。而航空方面，情況更為嚴峻。

今年首四個月，香港機場錄得六百九十七萬人次，恢復至新冠疫前約四成。早前有專家提到，第一季新加坡及廣州機場已恢復約八成，而紐約甘迺迪和倫敦希斯路機場的旅客人次，則恢復至九成以上。相較之下，香港的復甦嚴重滯後。

疫前，香港機場約有七萬員工，現只有約五萬多人，流失近三成人手，當中多為地勤、專業司機等前線員工。明年全面啟用三跑系統，大幅提高機場綜合營運能力的同時，對人手的需求會更為殷切，預計額外需要五萬名員工。

旅遊復甦，交通先行，是不爭事實。筆者希望政府加強緊逼感，盡快出台人力政策，協助業界加速解決人手短缺問題，若任由情況惡化，服務質素則難以維持，打擊香港好客之都的印象，即使對外做更多的宣傳亦是徒勞。

2023 年 5 月 25 日《am 730》〈旅友時評〉

三坊七巷的文旅啟示

筆者近日參加了立法會到福建的考察團，整個考察獲益良多，特別對福州的三坊七巷，留下了深刻印象，很值得和讀者分享。

雖説三坊七巷美名遠揚，但身臨其境的感受還是無法複製的。古老的坊巷格局至今保留完整，是名副其實活起來的古街區，南北走向為軸，串聯起多個名人住所，共有林則徐、林覺民、冰心、嚴復等一百五十多位名人，説是濃縮了半部中國近現代史也不為過。

此行我們兵分兩路，乘坐電動車參觀。導覽員身着民國女子服飾，進行專業講解，彷彿一瞬間穿越回舊時光。「修舊如舊」是三坊七巷的保育理念，也處處體現在景區每一個角落 —— 過去三坊七巷住戶眾多，當地政府用「鑲牙式、微循環、小規模、不間斷」的方法有序拆除了與街區風貌衝突的建築；而後，又將福州有名風味小吃「同利肉燕」引入街區開業，遊客可在這裏品嘗肉燕，更可體驗捶肉、　皮、包製、烹飪等，升級互動體驗。近年來，更線上線下結合。線下，推出坊巷音樂節、藝術展、小劇場等文化主題活動；線上，利用名人故居資源開展雲講堂等研學活動，充分發掘了古厝內在價值。

其實，所有舊街區都是歷史的見證，人類的智慧。香港也有荔枝窩這樣的客家文化古村落和法定古蹟，完全具備古建築的教育、旅遊、文化功能的開發價值。在科學的活化方案下，市民或遊客可透過文化古蹟觸摸到一個城市、一個社區、一個民族的根基，增添香港的歷史底蘊與文化魅力。

特區政府近來大力推動文化古蹟遊，推出了為期三年的「文化古蹟遊鼓勵計劃」，鼓勵旅遊業界開發更多具文化和古蹟旅遊元素的旅遊產品。筆者希望能在此基礎上，參考福州的寶貴經驗，活化文化景點，豐富文旅產品內涵，同時配合年輕一代旅遊打卡的個人遊模式，打造特色景點。

今年是旅遊業「拼復甦」的關鍵之年，閩港兩地旅遊資源豐富，筆者希望兩地政府和業界建立深度合作機制，推出更多支持鼓勵旅遊業界政策，支持業界加快恢復兩地互為客源地、目的地的旅遊規模市場，創新福建遊、香港遊產品，共同開啟旅遊業復甦和高質量發展的新篇章。

2023 年 7 月 20 日《晴報》〈旅友良言〉

宜遊北都由規劃做起

北部都會區是香港未來二十年最大的發展項目，帶動新興產業發展，改善市民生活質素，將成為一個宜居宜業宜遊的新都會。都會區要達到宜遊的目的，政府就必須在規劃的最初階段，滲入旅遊元素，為旅遊發展打好基礎。

在計劃中，政府會將北都東面，即沙頭角、印洲塘／大鵬灣一帶打造成為康樂生態旅遊圈。筆者對此非常認同，過去亦多次撰文，認為政府可善用當區的綠色、藍色和古色資源，保留沙頭角的特色，培育成重要的旅遊景點。

除了東面外，其實都會區的西面，包括流浮山、尖鼻咀和白泥一帶土地，也極具旅遊發展潛力，有很大的可塑性。最近規劃署與筆者交流，我也表達了對未來規劃的期望，希望充分利用該區得天獨厚的天然資源及自然美景，發展成為集休閒漁農業、旅遊度假、運動健康為一體的綜合生態旅遊新景點。

先說休閒漁農業。流浮山傍着淺灘濕地的海岸，是珠江口的鹹淡水交界地，日落瑰麗，生蠔肥美，是品嘗地道海鮮的熱點。以往養蠔業是香港作為漁村的重要產業之一，因此現時仍保留泥鋪法「種蠔」和吊養法「養蠔」技藝的流浮山，稱得上是漁業的活化石。流浮山水域密密麻麻的蠔排，也是壯觀一景。

此外，政府可以將白泥的釣魚場、休閒農場，尖鼻咀的比鄰米埔自然保護區、濕地公園及紅樹林納入，營造一個完整的生態旅遊圈，並可透過不同檔次的住宿安排，打造成為全新的旅遊度假休閒區。另外，也可透過海鮮及天然濕地，構建起「食於海濱、宿於濕地」的新型戶外度假模式，以個性化的旅遊場景，切合遊客日益增長的野奢度假需求。

在運動旅遊方面，流浮山、尖鼻咀和白泥一帶，坐擁風景優美的海岸線，可與屯門龍鼓灘沿海路段連接，打造一條貫穿多地的單車徑。隔海相望的深圳灣濱海休閒帶，涵蓋十二個主題公園，橫跨福田區、南山區，東起福田紅樹林鳥類自然保護區，西至深圳灣跨海大橋西側，北靠濱海大道，南臨深圳灣，是單車騎行的好選擇。香港可考慮與深圳聯動，打造一條貫穿深港兩地，單車騎行的「一程多站」路線。

北都旅遊發展具後發優勢和高可塑性，筆者期望當局繼續與業界深入溝通交流，在規劃階段吸納不同持份者意見，共謀發展，為香港未來旅遊業發展注入新動力。

2023 年 8 月 3 日《晴報》〈旅友良言〉

完善旅遊配套
提速啟德發展

啟德郵輪碼頭是重要旅遊基建，其交通配套問題近來再度引起社會高度關注。上周六再有大型郵輪到港，筆者早上親臨現場了解情況，看到整體運作暢順，旅客滿意，可見事前各方準備奏效。

然而，要讓郵輪碼頭走出困境，還是要靠完善整個片區的規劃發展。政府原有的啟德分區計劃大綱圖，整個地區是一個容納十五萬人，配合啟德體育園區、海濱長廊、水上活動中心、區內文化遺產和綠茵休憩用地等，將其打造成「香港文化體育和旅遊綠茵樞紐」。

郵輪碼頭旁的用地，用作酒店和旅遊用途，並會興建具地標性的旅遊中心。可惜的是，受疫情和其他因素影響，區內發展步伐不一，配套滯後，規劃淪為紙上談兵。

隨着啟德體育園區明年啟用，兑現規劃，完善配套更具逼切性。故此，政府應盡快善用這片珍貴的土地，改善碼頭與周邊的連接，並以旅遊思路，將啟德打造成為滿足旅客「食、住、行、遊、娛、購」的旅遊新地標。

另外，政府可考慮在郵輪碼頭及體育園區旁邊，增設新碼頭，透過水上交通，提供到西九、尖東、中環和灣仔等旅遊熱點的服務，以水路帶旅客看漁村、遊離島，推廣本地藍色旅遊，甚至可發展成為跨境碼頭，連通大灣區，助力發展以郵輪為核心的「一程多站」。

2023 年 8 月 23 日《am 730》旅友時評

開拓「一帶一路」新航點

本港航空業雖尚未全面復甦，但隨着三跑系統明年全面啟用，加上航天城發展項目，香港國際機場將由「城市機場」變身為「機場城市」。然而，要繼續鞏固國際航空樞紐的地位，香港要加快發展大灣區市場，同時開拓「一帶一路」國際新航點，更好地發揮超級聯繫人作用。

香港機場要更好地服務大灣區，需要進一步強化和大灣區的聯繫，除了做好現時的海空聯運，也要發展陸空聯運，便利旅客使用公路、鐵路和航空交通進出香港和各大灣區城市，做好多式聯運，無縫連接。

此外，據機管局數據顯示，截止今年七月，香港恢復了「一帶一路」二十四個沿線國家及地區的客運往來，平均每天約六萬八千人次經港前往「一帶一路」目的地，恢復至疫前六成，與機場整體復甦情況相若。不過，從航點計，在一百五十二個「一帶一路」沿線的國家及地區中，香港僅連接了四十四個，佔比不足三成，開拓這些新航點，將有助於提升香港連接內地及海外的門戶功能。

然而，新市場的發展並非一蹴而就，需多方合力才能成功培育。首先，政府、航空公司，連通旅遊業界應評估「一帶一路」客源市場的潛力，有針對性地開發一些具有互為客源地、目的地潛力市場的航點及班次，同時政府出台鼓勵政策，向開拓新航點的航空公司提供誘因；再者，政府及機管局需加大對外宣傳三跑系統，讓外界知道香港機場的吞吐力已有質的飛躍，吸引「一帶一路」沿線國家進駐；最後，機場與航空公司應攜手加大宣傳，透過航空業內展覽、商務會議等渠道，鞏固香港中轉站的角色。

航空業發展與旅遊業唇齒相依，它不僅是出行的大交通，更是旅遊業重要的上游產業。因此，「一帶一路」航線及頻次的豐富對旅遊業意義重大。酒店、旅行社、景區、食肆等相關持份者可根據航線發展未雨綢繆。譬如針對中東市場，提供穆斯林友善的特別餐飲和住宿配套，豐富客源市場的同時，也將「好客之都」的美譽落到實處。

2023 年 8 月 31 日《晴報》〈旅友良言〉

發展「五色」旅遊
提升香港旅遊競爭力

香港擁有豐富多樣的旅遊資源，旅遊業是香港的傳統經濟支柱之一。經歷新冠疫情衝擊之後，訪港旅客人次持續上升，香港旅遊業正穩步走向復甦。趁着當前特區政府推出一系列刺激經濟的利好措施，應通過充分挖掘「五色」旅遊資源，打造一批新的特色旅遊項目，完善旅遊配套措施，吸引更多國內外遊客來港旅遊消費，為香港經濟發展增添動力。

特區政府繼「開心香港」的宣傳活動後，近日推出「香港夜繽紛」，透過一連串的活動和優惠，帶動夜出行，刺激夜消費，激活夜經濟，讓市民和旅客體會到香港晚上的城市夜色和都會魅力。這對香港的整體形象宣傳，以至吸引更多旅客訪港，都可發揮積極作用。

今年二月全面通關後，香港旅遊業穩步走向復甦。今年八月的數據顯示，香港入境旅客人次已恢復至疫情前七成。然而，旅遊業的全面復甦仍受制於人手不足、航班運力尚未完全恢復等因素。另外，鄰近市場的競爭力不斷增強，旅客的消費模式和需求出現顯著轉變。據香港旅發局公布的訪港旅客趨勢顯示，以購物為目的的出行，從疫前的兩成七下降至疫後一成九；十六至二十五歲的青年遊客對本土文化和戶外探索的興趣，分別由疫前的百分之五和百分之一攀升至百分之十八和百分之十一。故此，政府和業界必須在現有的基礎上，加倍努力，善用和發掘香港豐富的旅遊資源，滿足旅客的新需求，才能回應好新挑戰。

事實上，香港十八區從不乏歷史文化景點，郊區也有豐富的自然生態美景。筆者一直倡議政府和業界發掘更多「五色」旅遊產品，讓旅客感受到香港「處處是景點」，提供「全域旅遊」的體驗。然而，制定這些產品和路線並非一蹴而就，如何挖掘「五色」潛力，善用「五色」資源，協同業界共同推動，需要細緻、系統地規劃及部署。

「五色」旅遊包括：綠色生態遊、藍色海上遊、古色文化古蹟遊、夜色觀光遊及紅色歷史遊。其中綠色生態遊可將香港的郊野公園、地質公園、海岸公園及濕地公園等自然美景納入；藍色旅遊指維多利亞港、維港海濱、海島和海岸線、島嶼和海灘等；古色文化古蹟遊顧名思義，將香港的歷史建築、公私營博物館、非物質文化遺產、圍村文化等納入；夜色觀光遊包括海濱夜景、夜間演藝、酒吧、廟街及女人街等傳統夜色「蒲點」等；而過往被人忽略的紅色旅遊，香港亦有不少資源，海防遺跡、東江縱隊抗戰歷史古蹟、民族英雄及偉人遺跡都是例子。

雖然「五色」旅遊資源豐富，但其潛力尚待發掘。以古蹟為例，香港擁有近一千五百個已評級的古蹟，都是寶貴的古色資源，有部分更有極大的旅遊價值。可是，政府部門多以保護的角度去保存古蹟，少有從旅遊角度出發，釋放其旅遊價值，導致不少珍貴的古蹟被閒置。以位於高街二號的

「舊精神病院」為例，這座香港罕見的巴洛克風格建築，記載了香港精神病院的歷史，更有民間「鬼屋」的傳說。立面後是政府的社區綜合大樓，已配有保安員當值，管理上不存在大問題。但立面大門一直緊鎖，遊人不能入內參觀打卡。直至早前筆者在立法會提出質詢要求開放立面，政府從善如流，才於九月底開放立面予公眾參觀。筆者相信，類似古蹟未被善用的情況，並不罕見。

又以綠色資源為例，香港的郊野公園深受旅客歡迎。去年世界級桌球手奧蘇利雲（Ronnie O'Sullivan）來港參加世界桌球大師賽，也特別抽空在港跑山徑。但香港郊野公園設施欠缺旅遊配套，例如洗手間數目不足、郊野通訊網絡不穩定，目前二十四個郊野公園只設有八間旅客中心。

藍色資源方面，近年維港的海濱工程相繼落成，單計港島就連接了七點四公里海濱，但整體設計只是休閒散步之用，沒有結合太多商業元素，也未打造成吸引市民和遊客娛樂休憩的場景。康文署管理四十二個泳灘，雖然不少都被列為旅遊勝地，但署方只將海灘定位為市民游泳的地方，沒有考慮商業或旅遊元素，只提供最基本的小食亭，供租用的游泳玩樂設施也只是基本配置，更別提在沙灘舉辦體育或盛事活動。

此外，康文署管理的博物館，雖受旅客歡迎，但其預約導賞服務僅提供給非牟利團體，旅行社無法預約，令同業難以訂制相關旅遊產品。以上這些都是「五色」旅遊資源未能善用的具體例子。

對於善用香港現有「五色」旅遊資源、在短期內打造更多宜遊的「五色」旅遊景點，筆者有三點建議：一是成立「五色旅遊統籌工作小組」，透過改善軟硬件的配套，發掘和善用既有的「五色」旅遊資源；二是設立「五色旅遊鼓勵計劃」，鼓勵業界制定更多旅遊產品向旅客推廣；三是推行「五色導賞員培訓計劃」，為旅客提供更專業的導賞服務和深度體驗。

一是成立「五色旅遊統籌工作小組」。建議政府成立一個跨部門的「五色旅遊統籌工作小組」，各部門系統化梳理具旅遊潛力的「五色」旅遊資源，並聯同旅遊業界，共同評估其旅遊價值，列出優先次序，改善旅遊資源的周邊配套，方便遊客頻繁到訪。就其具體政策而言，筆者認為有以下方向。

藍色資源方面，政府應善用維港這一天然大背景，在海濱引入商業元素，增加餐飲設施，定期舉辦表演或體育活動；在合適的地方或偏遠外島加建碼頭設施，形成水路碼頭交通網絡，促進跳島遊、水線遊發展。漁護署和海事處需拆牆鬆綁，促進船遊和休閒漁業發展。

綠色資源方面，改善行山徑的通訊網絡；在熱門的郊野公園加建遊客中心，為遊客提供更多自然生態資訊；在郊野公園加建歷奇及戶外探索遊戲設施；重視濕地及紅樹林等天然資源，建立集保育、教育、旅遊為一體的綜合度假場景，推動生態旅遊向自然課堂、體育健康、養生休閒等多業態發展。

古色文化古蹟方面，應增加古蹟的開放程度，古蹟辦及康文署的博物館應與旅遊業界加強合作，為旅行社創造訂制相關旅遊產品的空間；設立鼓勵機制，加強古蹟保育之餘，鼓勵私人古蹟開放參觀及提供導賞。

夜色資源方面，政府推出的「香港夜繽紛」，涵蓋優惠出行、優惠餐單、優惠夜戲、優化步行街、夜間節慶及大型活動等，為市民和旅客提供夜間遊歷和美食體驗，是激活香港夜經濟的一個起點。筆者希望政府能將受歡迎的活動恒常化，優化「幻彩詠香江」，重視西九文化區、維多利亞港等與香港 IP 緊密相關的景點，保存霓虹燈閃耀的傳統香港夜景，用光影講述夜香港。

紅色資源方面，將偉人足跡、海防歷史、抗戰史蹟等納入中小學生戶外課堂，開展大灣區青少年雙向研學；重視海防遺址，結合海防博物館及大灣區其他城市的海防遺跡，系統規劃海防教育旅遊路線，促進文體旅遊局、教育局與大灣區其他城市合作，共同打造海防文化遊。

二是出台「五色」旅遊鼓勵計劃。在挖掘資源後，政府應與業界緊密合作，善用旅行社的銷售網絡及專業視角，讓「五色」旅遊資源成為各種特色旅遊產品，豐富香港的旅遊內涵。今年八月，政府聯同香港旅遊業議會推出「創意·深度遊」行程設計比賽，主題涵蓋國家歷史、綠色生態、水上資源、文化古蹟、潮流文化及另類旅遊體驗，便是不錯的嘗試。除設計路線外，政府還應更進一步，支援業界打造產品，如參考現時「文化古蹟本地遊鼓勵計劃」，後續加碼設立「五色旅遊獎勵計劃」，鼓勵同業在市場推出不同的「五色」深度遊路線，吸引市民和遊客沉浸式體驗「五色」香港，拓寬、加深對香港的理解。

同時，旅發局配合推出「五色」旅遊宣傳，繼續以遊客信息獲取渠道為導向，通過影視作品、KOL、Instagram 及小紅書等平台，推廣香港的「五色」旅遊資源，向外包裝和宣傳景點路線，並且協助業界推銷相關產品，透過新的「五色」旅遊產品吸引旅客多次訪港。

三是推出「五色導賞員培訓計劃」。深度遊與專業導賞服務相輔相成。深度遊要「落地」、要普及，業界需要配備更多具備「五色」旅遊導賞能力的導遊。故此，建議政府和業界合作推出「五色導賞員培訓計劃」，透過短期課程，除鼓勵現有導遊提升專業導賞水平外，亦可讓有興趣的市民參與，吸引有心人入行，讓普通市民有機會成為講好香港故事的一員。同時通過體驗導賞員的工作，培養市民入行興趣，充實深度遊前線力量。除此之外，政府可建立「五色」旅遊資訊平台，方便旅客尋找心儀的「五色」旅遊產品和導賞服務，為深度遊的旅客提供更合適的選擇。

無可否認，在這個旅遊者定義旅遊業的時代，旅遊資源需走出原本的條條框框，吸納日常生活的細微，成為在地化的生活景觀。因此，傳統旅遊語境下的地標建築、景區景點，文藝氣息濃厚的音樂廳、美術館，秘境之中的大海、田園、鄉村、高山，甚至偏街小巷的食肆、酒館、咖啡廳，都可成為「五色」旅遊取之不竭的源頭，持續助力香港旅遊業競爭力的提升。

2023 年 10 月 1 日《紫荊》雜誌

立面遊廊終開放

業界迎來疫情後第一個國慶黃金周，筆者截稿前，首四日錄得近六十一萬內地入境旅客，恢復至 2018 年近七成水平。雖然內地旅客人數穩步增長，但旅客的需求有明顯轉變，除了傳統的景點外，也喜歡發掘香港的地道元素，到特色景點打卡，體驗深度遊。

香港中西文化交匯，塑造了香港獨特的文化面貌，千多座的歷史建築、優美的自然生態及地質美景，得天獨厚的維多利亞港等，都是香港的旅遊寶藏。如何善用這些資源，做好筆者一直倡議的五色旅遊，是提升香港旅業競爭力的關鍵。

位於西營盤高街的「舊精神病院立面」，1892 年建成，是本港珍貴的法定古蹟。即便建築只保留立面，但巴洛克式的特色外形一直是市民和遊客的打卡熱點。可是，高街立面遊廊一直緊鎖，遊人無法入內參觀，直到筆者在立法會提出口頭質詢後，才於中秋節正式全面開放。

發展局從善如流，中西區民政事務處積極配合，在黃金周前將立面兩層二十四小時全天候開放，為國慶假期平添色彩。筆者希望政府有關部門下一步可加強宣傳推廣，甚至配套導賞服務，增設立面介紹小冊子，幫助遊人了解立面背後的故事。同時，政府必須要加強統籌各部門轄下的不同旅遊資源，與旅遊業界設立機制，共同評估景點的旅遊潛力，開放更多歷史建築，為旅客帶來豐富選擇。

2023 年 10 月 4 日《am 730》〈旅友時評〉

期待《施政報告》助旅業提升競爭力

《施政報告》將於下周三公布，筆者早在九月初便向特首提交多項建議，期待政府能正面回應，提升旅遊業整體競爭力。

發展旅業應以服務為重，產品為王。人手不足影響服務水平，制約復甦步伐，故此，除了希望政府加快輸入勞工的程序，將酒店業及航空業分別列入「特別計劃」及「人才清單」外，政府也要制定中長期的人力資源計劃，發展職專教育，設立「旅遊業人才培訓基金」，多管齊下培訓人才。

產品是旅遊的核心，筆者一直倡議發展五色旅遊，建議政府成立「五色旅遊統籌工作小組」，設立「五色旅遊鼓勵計劃」和「五色導賞員培訓計劃」，統籌各部門轄下的五色旅遊景點資源，鼓勵業界打造五色旅遊產品。

文體旅融合是旅遊發展的大勢所趨，筆者建議政府設立「文體旅融合策略發展委員會」，廣納三界別的翹楚，協助政府制定文體旅的發展策略，同時更新 2017 年制定的「旅遊業發展藍圖」，回應旅遊業發展的新挑戰，促進產業的升級轉型。

香港會展業快速復甦，對帶動商務旅客增長起着重要作用。但會展場地嚴重不足，筆者要求政府盡快落實灣仔北政府用地作會展用途，並且盡快釋放臨時醫院「北大嶼山醫院感染控制中心」用地，加快推進亞博二期擴建計劃。

2023 年 10 月 18 日《am 730》〈旅友時評〉

「幻彩詠香江」2.0

有十九年歷史的「幻彩詠香江」，光影與音樂結合的表演形式孕育出一份獨特的儀式感。不過，「幻」由 2004 年推出，至 2017 年才推出更新版，缺乏新鮮感和賣點也是不爭事實。

上周文體旅局表示將檢討「幻」，期望明年有方案。筆者支持檢討，初步有幾點看法。首先，在表演內容上，故事性是旅遊節目的核心。隨着科技的改進，大廈的燈光可融入更多元素，例如 M+ 大樓的臨海 LED 燈幕牆，文化中心的外牆，都有空間為「幻」滲入更多元素，可按不同時節或盛事活動，更新表演主題，增強文化內涵及內容吸引力。

在地點上，雖然「幻」是針對維港兩岸遊人而設，但主辦方可在中環及尖沙咀設立最佳觀賞位置，提供音效和解說，並設特別的打卡位，增加「幻」的特色。

在表演時間上，可參考迪士尼樂園的「星夢光影之旅」，延後至晚上九時，方便市民和遊客有較充裕的晚餐時間，飯後漫步海濱，吹吹海風，也是響應政府推動夜經濟的倡議。

採用聲、光、電等元素製造出特定沉浸式空間，近年日益流行。「幻」作為實景燈光秀的鼻祖，應推陳出新，結合科技元素，開發出融音樂與美景為一體的「幻彩詠香江」2.0，令維港的夜色，更加精彩！

2023 年 12 月 13 日《am 730》〈旅友時評〉

水路交通規劃不應被忽視

政府近日公布了《香港主要運輸基建發展藍圖》以及《交通運輸策略性研究》的初步建議，奠定香港未來交通基建發展。可是在兩份文件中，對水路交通隻字不提，完全忽視水路在香港公共交通運輸可發揮的作用，並不妥當。

香港四面環海，海岸線曲折漫長，不計離島的海岸線長達四百五十六公里，用船可直達大部分商業區和新市鎮，暢達性高，在未有過海隧道時，渡輪更是唯一連接港島的交通工具。但隨着鐵道及陸路交通網絡不斷完善，渡輪已由輔助性質淪為被邊緣化的交通工具，僅佔市場佔有率百分之一。

儘管如此，在 2017 年的公共交通策略研究也有一章節陳述渡輪的定位，指出「渡輪為離島提供必需的對外客運服務，也為往來其他地區及穿梭港九兩岸的乘客提供另一項選擇。」

筆者一直倡議善用香港的海岸線，加強碼頭配套，要多加考慮海上客運的發展。這是除了出於交通的考慮，協助分流陸路交通之外，還可為應急之時，提供多一條出路。從旅遊業的角度看，制定海線產品，讓旅客欣賞香港的優美海岸線，完善碼頭配套，更加是必要條件。

還記得石澳道因特大暴雨，山體滑波導致石澳道中斷，石澳和大浪灣居民與外界隔絕，慘淪為孤島居民，政府要在石澳海灘架設臨時碼頭，用小艇接駁消防船接送居民以解燃眉之急，足見碼頭和水路運輸在緊急時刻可發揮的替代作用。

回歸後，香港兩項最重要的文化和體育基建 —— 西九文化區和啟德體育園，其陸路配套一直為人所詬病，雖然兩地皆是臨海而建，卻又沒有善用地理優勢，用水路作疏導。

根據 2015 年西九管理局向立法會的滙報，文化區早在南面和北面設有登岸梯級，舉辦大型活動時可讓乘客坐船上落，但登岸梯級的設施簡陋，再加上位置不佳，北岸是設於油麻地避風塘內，遠離主要設施，南岸又因為長期有工程而未能使用。直至 2021 年，政府才決定在南岸興建碼頭，最快在 2025 年完工。

啟德的交通配套問題更不用多談，當體育園區在明年啟用、可容納五萬人的主場館落成後，雖大幅提升香港舉辦大型盛事的能力，但交通和人流的疏導仍然令人關注，儘管今年《施政報告》提出建設「智慧綠色集體運輸系統」，但預計 2034 至 2038 年才能落成！如能在體育園區和郵輪碼頭各設位置方便的碼頭，便可為疏導交通提供一個簡單的選項。

北部都會區內的「藍綠康樂旅遊生態圈」，會將紅花嶺、沙頭角、印洲塘等地，建設成為新的旅遊休閒區。至於未來的交椅洲人工島，也會打造成為一個獨特和具吸引力的旅遊目的地。好好使用水路，將這些新規劃、新景點用渡輪連接起來，也應是發展規劃中不能缺少的配套，香港的未來交通基建藍圖，水路又怎可能被忽視呢？

2024 年 1 月 6 日《經濟日報》

發展香港運動旅遊（上）

隨着「旅遊＋」及「＋旅遊」概念橫空出世，旅遊與文化、商務、運動、工業、農業、科技、衛生、金融等不同領域融合發展的「1+n」大旅遊產業體系已逐漸形成。無論形式如何變換，藉着跨界別力量，擴大旅遊資源是其內核。運動旅遊，憑藉健康、趣味以及生活質素提升的內容，及多元化、個性化的體驗形式，成為增長最快的細分旅遊市場之一。據聯合國世界旅遊組織預測，2023 至 2027 年，全球運動旅遊的營收將增長至五千六百億美元，是未來旅遊發展的重要引擎。

運動旅遊，可分為參與型運動旅遊及觀賞型運動旅遊。參與型運動旅遊，包括以運動員身份，參與競技運動比賽，如國際馬拉松、維港渡海泳等；或是參加者以志在體驗的心態，參與各類休閒運動活動，遠足健行、攀登、單車、衝浪等水上運動都是例子；觀賞型運動旅遊，是指組織遊客以觀眾身份，觀摩、欣賞運動賽事，如奧運會、亞運會、世界盃等；或參觀運動相關景點的旅遊，例如曾舉辦北京奧運會的國家體育場（俗稱鳥巢）和國家游泳中心（俗稱水立方），本身都是熱門旅遊景點。

現時，世界各地均認識到運動旅遊的潛力，在不同層面中積極推動運動旅遊。以內地為例，二百九十三個地級市中，已有九十九個完成了文化、體育、旅遊三位一體的行政管理合併。與此同時，國家相繼提出構建體育強國、促進全民健身計劃，通過普及冰雪、山地戶外、空中、水上、馬拉松、自行車、汽車、電單車等戶外運動項目，拓展運動旅遊產品和服務供給。回望過往五年，內地通過大型國際國內體育賽事，掀起一波波運動旅遊浪潮。2021 及 2023 年，北京、成都、杭州分別承辦冬奧會、世界大學生運動會及亞運會；各省市政府梳理城市體育基建及資源，跟隨國家「十五分鐘健身圈」國策，更新城市功能，為運動旅遊發展提供空間。

此外，韓國成立文化體育觀光部，出台運動旅遊發展的藍圖和舉措。新加坡及日本，雖沒能實現職能上的體旅融合，但兩個國家均是大型運動賽事的積極主辦國。2008 年起，新加坡旅遊局將一級方程式賽車發展成為年度體育盛事，並與新加坡羽毛球公開賽、國際籃聯三人亞洲盃、DotA 國際邀請賽、環法單車新加坡繞圈賽等賽事，形成體育盛事年曆。日本則已成功將旗艦一級方程式比賽轉變為收入來源，同時重視與旅遊業界合作，利用富士山等自然景觀，讓富士賽道成為運動比賽和旅遊打卡的雙景點。此外，日本將空手道、劍道、相撲，與日本文化相融，發展成武術旅遊，吸引了不少外國觀光客。

特區政府成立了文化體育及旅遊局，特首李家超也提出優化香港「M」品牌計劃，每年支持至少十項大型國際運動賽事在港舉行，推動香港成為國際盛事之都。同時，《粵港澳大灣區文化與旅遊發展規劃》亦明確支持香港成為中外文化藝術交流中心、國際城市旅遊樞紐和「一程多站」示範核心區，這都為運動旅遊發展提供助力。

事實上，香港發展運動旅遊的優勢不止於此，從運動賽事維度來看，香港已有很好的國際運動賽事基礎，如渣打香港馬拉松、香港國際七人欖球賽、香港網球公開賽、香港高爾夫球公開賽、香港國際龍舟邀請賽、維港渡海泳等；從基礎設施維度，雖還存在不足，但隨着今年年底啟德體育園的落成，將大大提升城市的運動配套水平；從自然景觀配套維度，香港遠足、越野跑和水上運動等自然資源豐富，亦是市民日常消遣選擇。以健行為例，麥理浩徑全長一百公里，東起西貢北潭涌，西至屯門共十段，是全球二十條最佳健行步道之一。麥理浩徑沿途的萬宜水庫，獨特地貌的破邊洲地質公園連同壯觀的浪茄灣、西灣一帶，都是令遊客為之讚歎的美景。

2024 年 1 月 25 日《文匯報》

發展香港運動旅遊（下）

要釋放運動旅遊的潛力，現有配套和政策措施還遠遠不夠。根據政府統計處的資料，疫情前從事運動旅遊的僱員約有五千人，但僅佔運動就業總人數百分之六，潛力仍然有待發掘。在觀賞型運動旅遊方面，政府早在 2004 年設立了「M」品牌，贊助大型運動盛事，透過政府和業界的努力，也打造了不少具標誌性的品牌，當中以七人欖球賽最為典型：活動由航空業界支持贊助，吸引大量高消費旅客訪港，觀眾除了欣賞精彩的球賽外，來自世界各地的球迷帶動的喝彩氣氛，也令球賽成為一場國際嘉年華。但筆者認為，運動盛事不單要吸引旅客來港，也要思考如何延長他們留在香港的時間，讓他們「跟着盛事來旅遊」，而不是「睇完比賽就離開」。在時間上，盛事活動亦有優化的空間，令筆者印象很深刻的是，在去年的十一月十二日，三項「M」品牌盛事：香港高爾夫球公開賽、維港渡海泳以及首次在香港舉辦的 FIA 世界場地越野車錦標賽，都是在當天舉行，後者更和澳門的格蘭披治大賽車撞期，令不少運動愛好者出現「選擇困難」，這應該是可以避免的。

在參與型運動旅遊方面，香港的發展仍在很初步的階段，雖然香港有很豐富的自然生態資源，但部門只着重自然保育和教育的角度來運用郊野公園，但極少從郊野運動旅遊的角度考慮，釋放其潛力，向外也欠缺宣傳。香港的郊野公園旅遊配套不足，只有八個郊野公園設有遊客中心，部分又不被通訊網絡所覆蓋，窒礙業界制定郊野運動旅遊產品。康文署管理的四十二個泳灘，不少被列為旅遊勝地，但署方只允許泳灘作游泳用途，欠缺滲入其他運動元素的考慮，例如沙灘的球類活動、親子的玩樂設施等等，與其他地區多姿多彩的泳灘體驗相比，落後太多。

另外，香港有不少具中華傳統文化特色的運動項目，亦可以成為運動旅遊的產品。日本以武術為主題的旅遊，例如相撲運動、忍者文化，受到不少旅客歡迎。香港的武術電影享譽國際，培訓了一代代武打明星，如何將太極、詠春、舞獅等活用，打造成參與性運動旅遊產品，吸引更多旅客慕名而來，筆者認為是值得開拓的市場。

故此，筆者建議促進參與型運動旅遊發展，應從以下舉措入手。

第一，要善用現時的資源。正如前文指出，香港不少場地和自然生態資源未被善用，故此，文體旅局應加大體育運動和旅遊資源梳理、挖掘力度，以體育活動、運動場所為依託，推動更多資源轉化為更具吸引力的運動體驗，即可提升市民對運動的興趣，亦有助發展運動旅遊。

第二，是鼓勵業界創新打造產品。政府可參考「本地特色旅遊鼓勵計劃」，為業界提供資助，鼓勵業界創新設計參與式運動旅遊產品，例如單車、健行、武術等深度體驗產品，開拓新市場，吸引新客源。

第三，是推動運動和旅遊產業的融合發展，鼓勵國際、國家和本地體育運動組織和旅遊企業對接合作，推動形成一批以運動和旅遊為主業、以融合發展為特色、具有較強競爭力的骨幹企業，推動訓練營和友誼賽的舉辦，並將活動包裝進入旅遊產品，形成獨特的體驗。

第四，是構建主客共用的運動和旅遊新空間。在郊野公園、晨運熱點等地，積極引入健身、康體運動設施，鼓勵全民運動，創新運動旅遊的消費場景，讓香港變為運動之城，以全民運動的氛圍，吸引旅客到訪，讓主客運動相輔相成。

至於發展觀賞型運動旅遊，第一，是充分利用香港的戰略位置，與大灣區城市一同申辦重大運動賽事，加大吸引世界各地的運動員和觀眾參與，打造更多國際品牌體育盛事，發揮香港作為亞洲盛事之都的地位。同時，以「主客制」、「循環制」，活用主場、客場運動場地，促進灣區內循環。

第二，要發揮體育盛事的最大經濟效益。政府應要求「M」品牌下舉辦的盛事，受資助方須與旅遊業界緊密合作，聯合打造盛事套票和深度遊產品，讓旅客「跟着盛事來旅遊」，將盛事的乘數效應放到最大。同時，應有策略地分銷盛事門票，結合旅遊業界的發展，針對不同的客源地市場，按目標客源擬定門票分配方案，以盛事為契機，精準地推動目標客源市場發展。

第三，制定全年的賽事日曆，讓業界可以早作準備，並可突顯香港主要體育運動賽事，透過旅發局、社交媒體等多渠道推廣。另外，也要協調好盛事的舉辦時間，一要令盛事錯峰進行，二要爭取盛事盡量避免在旅遊旺季舉行，以達到更大宣傳和經濟效益。

2024 年 1 月 26 日《文匯報》

旅遊業策略委員會

因應現屆政府成立了文體旅遊局，筆者一直倡議，設立一個高層次、跨界別的「文體旅策略發展委員會」，吸納文體旅三個業界翹楚代表，讓業界與政府一起，促進跨界別融合發展。去年十月的《施政報告》政策簡介會中，文體旅局宣布將旅遊事務署下轄的「旅遊業策略小組」，提升改名為「旅遊業策略委員會」，主席由過去的旅遊事務專員，改為由局長擔任，令委員會的層次有所提升。作為成員之一，筆者在上周參與了首次會議。

看委員會的組成，可見政府吸納了業界的意見，加入了文體旅融合的元素。成員除來自「食住行遊娛購」的各旅遊相關範疇代表外，亦將議會代表、學術、文化藝術、體育界的翹楚納入。雖然「旅遊業策略委員會」沒有「文體旅之名」，但從組成中可見「文體旅之實」。筆者希望政府善用各成員的智慧和行業經驗，發揮智庫功能，向政府提供策略性建議，建立起業界與文體界持份者的恆常溝通機制，促進旅遊產業鏈各持份者和文體界別之間的融合協作，引領旅遊業朝向高質量可持續發展。

在首次會議，大家都關注到旅遊業如何「提速」和「提質」發展，以及了解《香港旅遊業發展藍圖 2.0》的更新背景。政府在 2017 年制定了《藍圖 1.0》，但因應大灣區的發展和疫後旅客需求的改變等，業界一直要求政府更新藍圖，至去年《施政報告》正面回應訴求。筆者希望局方能盡快就更新藍圖展開諮詢，除了聽取各成員的意見，也要善用成員在界別內的網絡和渠道，廣泛深入接觸聆聽各持份者的建議，共同譜寫一個既有目標策略，也有行動綱領，亦得到業界支持的《藍圖 2.0》。

2024 年 2 月 2 日《頭條日報》〈旅友良言〉

重新徵稅增吸過夜客難度

剛剛公布的《財政預算案》，為發展旅遊業增撥十億九千五百萬元，提出多項振興旅遊業的措施，透過旅發局打造不同特色主題旅遊，旅遊事務署未來數年持續推行文旅藝術項目，幫助業界設計更多深度旅遊產品，可見政府對旅遊業的重視。筆者期望政府與業界緊密溝通合作，善用增撥的預算，將資源落到實處，支援業界提升競爭力，包括向「本地特色旅遊鼓勵計劃」投入足夠資源，協助打造更多「旅遊＋」及「＋旅遊」產品，並且支持業界走出去，向外推廣香港，幫助業界開拓新客源新市場，推動本港旅遊業循高質量發展。

維港海濱是香港寶貴的旅遊資源，是最受旅客歡迎景點之首。政府應進一步發掘海濱資源，善用美麗的維港夜空，在預算合理的前提下，進行不同的表演項目，令維港夜空更具魅力。與此同時，期待政府進一步完善維港兩岸旅遊配套，在海濱地帶引入更多餐飲和休閒娛樂元素，讓人氣化為財氣，為海濱增值，將海濱的旅遊潛力最大化。

至於政府重設「酒店房租稅」則值得商榷。目前業界處於恢復狀態，要鞏固復甦的勢頭，現階段徵稅有矛盾感覺。故此，政府必須深入審視稅項對吸引過夜客的影響，並和業界有更好的溝通。如政府認為徵收「酒店房租稅」是無可避免，也應在整體財政情況有所改善時，適時撤銷徵稅，並利用徵稅收入支援業界在科技應用及人才培訓，提升旅遊業的競爭力。

2024 年 3 月 1 日《頭條日報》〈旅友良言〉

期待兩會帶來旅業好消息

據筆者統計，剛過去的二月，入境香港旅客錄得四萬人次，平均每日達十三萬八千人次，已突破通關以來最高紀錄。單看今年一月及二月，訪港旅客已達七百八十三萬，恢復至 2018 年同期的七成四。

要維持好勢頭，繼續推動復甦，除靠自身努力，也須爭取中央政策的支持。正在北京進行的兩會，港區代表踴躍提交建議，當中不少與旅遊業發展有關，筆者希望他們能借此機會，積極向中央反映業界意見，帶來更多利好消息。

今日，西安及青島港澳「個人遊」政策正式實施，令個人遊城市增至五十一個。但現時部分省份及自治區，還未有任何城市被納入「個人遊」計劃。這些地方的省會和首府可成為「個人遊」城市，以點帶面，便利內地居民赴港旅遊。在接待力方面，其實「自由行」的個人遊簽注，是以三個月或一年為期的一至二次旅遊簽注，與回鄉證有別，相信旅客會有序來港。

此外，將多年未變的五千元內地旅客購物免税額，提升至三萬元人民幣；將「一周一行」擴大至所有大灣區城市，也是各界及旅遊界的訴求。筆者期待兩會可帶來好消息，以鞏固這來之不易的復甦果實。

2024 年 3 月 6 日《am 730》〈旅友時評〉

盛事活動鞏固國際優勢

剛剛過去的三月，據筆者統計，香港錄得三百四十萬入境遊客，其中內地遊客二百四十六萬六千，海外遊客九十三萬六千。海外遊客較今年一月、二月平均數增長一成八，除了航班運力持續改善等因素外，政府大力推動的「藝術三月」，相信亦發揮了一定的吸客效應。

今年，政府推動盛事經濟，「藝術三月」為其中一項主題，匯聚了金庸展、ComplexCon2024、teamLab、Art Basel、Art Central 等精彩活動，滿足不同客群的出行需求。以潮流文化展 ComplexCon2024 為例，是首次在亞洲舉行，筆者到場參觀，看到眾多來自世界各地的旅客前來「朝聖」，情況墟冚。

事實上，香港「中外文化藝術交流中心」的定位正需要國際文化藝術盛事來鞏固。然而，如何讓各項國際藝術盛事恒常落戶香港，吸引旅客頻繁訪港，就須從策劃、營銷、合作上多做工夫。

在策劃層面，須做好全盤的事前統籌，例如錯峰舉行，及早公布盛事年曆，加強同旅遊業各界合作，打造套票產品等。

在營銷層面，旅遊業界有龐大的對外聯繫及營銷網絡，政府應善用同業在前線的優勢，支援業界開拓新市場，發掘新客源，開發新產品。

在合作層面，可加強與各國駐港使領館合作，將「法國五月」的成功模式推廣開來。同時，重視內地省市在港同鄉社團，舉辦充滿內地地方特色鄉土文化節慶活動。

2024 年 4 月 3 日《am 730》〈旅友時評〉

雪龍號的多重魅力

本周，國家第一艘自主建造的「雪龍 2」號極地科學考察破冰船及中國第四十次南極考察隊，完成歷時五個多月的南極考察後，以香港為回航首站，在維港展開五天訪問。筆者有幸參加了歡迎儀式，並且上船參觀，一睹國家第一艘自主建造的極地科考破冰船的真容！

「雪龍 2」號是全球第一艘實現艏向、艉向雙向破冰的極地考察破冰船，船身上搭載了多項「科研利器」，包括先進的全方位控制室；用作抽取水樣本的「月池車間」、雪鷹 301 直升機和實驗室等等。其中的月池車間給筆者留下深刻印象，該車間位於船的尾部，在船底有開口可以直通海底採集海水樣品。當潛水員通過井道到海底作業，往上看便能看見圓形亮光，宛如一輪圓月，故稱為「月池」，英文譯作 moon pool。這命名充滿了中國人的浪漫情懷，但它不僅是浪漫，還在極地遭遇惡劣天氣時，為科研人員提供了安全的研究環境。

今年，恰逢是中華人民共和國成立七十五周年，亦是國家展開極地考察工作四十周年，「雪龍 2」號的到來，率先向香港市民展示了極地考察工作和科研成果，不但反映了國家對香港的重視，亦有助推動國民教育，並且幫助大家更了解全球氣候變化，為本港未來的科研人才埋下種子，吸引更多青年朋友投身科研工作。

事實上，國家的科研早已從無到有、從有到精、從追趕到領先，除了眼前的「雪龍 2」號，還有神舟號系列太空船、C919 大飛機、「奮鬥者」號，乃至北斗系統等，無不訴説着中國科學家自力更生、開拓進取的動人故事。筆者希望國產第一艘大型郵輪「愛達魔都」號，最新國產航母，以及更多的國產科研船隻都能來到香港，展示國家進步，發揮「旅遊大使」的魅力，東方明珠成為國家對外講述中國故事的優良窗口！

2024 年 4 月 12 日《頭條日報》〈旅友良言〉

善用香港特色
實現旅遊業升級轉型

中央支持香港發展政策措施一浪接一浪，開放赴港澳「個人遊」內地城市方面，繼三月新增青島、西安後，再開放八個城市，覆蓋至全國所有省份和自治區，具標誌性意義。此外，國家優化商務和人才簽注安排，均有助吸納更多內地長途旅客和商務客。中央港澳辦、國務院港澳辦主任夏寶龍為香港旅遊發展親自把脈，提出「走高質量特色化之路，在變革中實現大提升」，樹立「香港無處不旅遊」的理念，彰顯出中央高度重視、亦非常了解香港旅遊業的現狀與挑戰。

香港旅遊業發展有良好的先天條件，古色古蹟文化遊、綠色生態遊、藍色海上遊、夜色觀光遊、紅色歷史遊等「五色旅遊」資源應有盡有，時代風雲際會造就了中外文化的交融，令旅遊景觀、節慶盛事、飲食文化、生活習俗和人口結構都無不體現了中外文化的碰撞，為香港創造了獨一無二的旅遊資源和城市魅力。

回歸祖國以來，縱使香港旅遊業遇過不少挑戰，但在國家的支持下，經歷了黃金十年高速發展。旅遊產業鏈日趨成熟，多元化的客源市場，健全的旅遊服務設施，國際航空樞紐、高鐵香港段、港珠澳大橋搭建出便利的大交通體系，再加上日益便利的口岸通關等優勢，令香港有條件盡情發揮「背靠祖國、聯通世界」的獨特優勢。在業界和政府的共同努力下，香港在 2018 年創造了入境遊高峰。

香港有着得天獨厚的先天和後天條件，如何回應夏寶龍主任所説的「識變、應變、求變，多用新思路、新辦法解決面臨的問題」，打造更多旅遊場景，筆者認為，第一，要深入挖掘本地旅遊資源和特色景觀。以古色古蹟文化遊為例，香港有逾千個別具特色的評級古蹟和歷史建築，但部分古蹟不開放，旅遊配套欠完善，急需政府和業界一起發掘它們的旅遊潛力。筆者去年在立法會提交質詢，成功爭取政府開放長期關閉的高街前精神病院立面遊廊，就是善用古蹟的成功案例之一。又例如舊油麻地警署深受旅客歡迎，筆者亦於去年十一月提交質詢，希望警署可以進一步開放。除了爭取古蹟開放，如何透過古蹟打造消費場景，向旅客做好推廣工作，都是善用古蹟時需要考慮的元素。

除古蹟外，香港還有豐富的藍色、綠色、夜色和紅色資源。政府推出的「本地特色旅遊鼓勵計劃」，對推動業界打造更多特色主題旅遊產品起積極作用。可是，要制定這些產品和路線，挖掘「五色」潛力，推動新產品在市場落地，除了政府的持續鼓勵和業界的創意投入，亦需要有一套完善的跨部門機制檢視、統籌和發掘。

第二，活用景點展示本地文化內涵，將旅遊風景升級為具有濃郁香港特色文化氛圍的文旅場景，將旅遊產品從觀光體驗迭代升級為生活體驗。在東京銀座，不少旅客以銀座四丁目十字路口為中心，往南走向新橋，往北走至京橋、日本橋和秋葉原，是公認的「步行者天堂」。銀座能夠吸引大量旅客，成功之處在於管理。每周日下午，銀座便實行了機動車管制，通過分時段管制措施和交通組織，將銀座打造成每周限時的「靈活景點」。多年前，香港嘗試將油尖旺一帶打造成步行區，但因疏於管理，發展不及預期。香港可借鑒銀座思路，與地區及區議會制定方案，限時開通步行區，加強步行街管理，並融入旅遊元素，聯動尖沙咀一帶的商圈，以全球首店、潮流買手店、廟街夜市、果欄、特色老字號等為賣點，搭建出時尚消費、夜間經濟、懷舊香港三大場景，將其打造成獨具香港生活特色的本土文化街區，讓遊客能透過該區體驗香港的生活節奏與文化內涵。

夏寶龍主任提出的「香港無處不旅遊」，不僅是「處處是景點」，更是「全域旅遊」的發展理念。以香港的實際情況，不僅要做到上文提及的充分發掘旅遊資源，樹立打造景點的觀念；更要在城市定位、公共服務、產業發展等方面優化升級，以旅遊業為優勢產業，實現旅遊資源的有機整合、產業融合、社會共建共享，讓旅遊業帶動經濟社會協調發展。

香港要定位為旅遊城市，首先要實現全域旅遊資源的整合，除了傳統旅遊景點，還需不斷開拓旅遊新場景。上文提及的街道擴容發展是其中一個方向。此外，香港有不少具特色的公共設施、校園、街道以及獨特的社區和地理環境，特區政府可與持份者充分協調，有限度納入旅遊景點體系。其次，還應實現產業方面的融合，也就是耳熟能詳的「旅遊＋」，讓旅遊業向各個行業滲透，比如在休閒農業、漁業、文化創意等領域加入旅遊元素，逐步實現各行業主動融合的「＋旅遊」發展格局。

旅遊業是勞工密集的服務性行業，與城市的整體服務密不可分。行業內服務，是指旅行社、酒店、交通運輸、景點、餐飲、零售等整個旅遊產業鏈服務旅客的水平。可是，在目前勞工短缺和人才流失的情況下，維持原有服務水平的挑戰極大。按統計，酒店業最少流失了四分之一員工，大部分旅行社的人手只及疫情前一半。如何增加勞工供應，培養未來人才，強化行業的接待能力，實是當務之急。

優質的城市服務，是指整個社會要打造好客的氛圍，令旅客有賓至如歸的感覺，並且主動提供幫助，令遊客通過市民對香港留下好印象。此外，香港要展現各區特色，適度讓遊客融入社區，發揮香港作為旅遊城市「處處是景點」的新定位，促進社區經濟，讓社區成為旅遊發展的參與者、受益者，更是創造者、服務者。

要做到全域旅遊，政策制定初期就應融入旅遊思維，在未來基建和新區規劃方面，強化香港旅遊屬性，構建「香港無處不旅遊」的新局面。政府內部也應打通各政策局的壁壘，跨局建立工作組，劃撥更多旅遊資源，鼓勵社會營造好客氛圍。

期望政府能夠在《旅遊業發展藍圖 2.0》提出策略和行動方案，實現旅遊業升級轉型，將香港打造成為更成功的世界級首選旅遊目的地。

2024 年 5 月 20 日《文匯報》

推進「旅遊＋科技」莫遲疑

上周，筆者與幾位立法會同事一同召開「推動低空經濟」記者會。「低空經濟」不僅是科技藍海，也是旅遊藍海。筆者早前參加立法會考察，在大梅沙試坐 eVTOL，就是「科技＋旅遊」創新旅遊體驗的案例。事實上，香港旅遊業要升級轉型，推動產品創新，必須插上科技的翅膀，為旅客帶來新鮮感、新體驗，其中低空觀光、淺海探索都是值得探討的方向。

近年內地多個城市鋭意發展低空經濟，與香港一河之隔的深圳，更是走在前列，已在空中物流、交通運輸，應急救援，旅遊觀光上得以運用。海洋資源豐富的三亞，則另闢蹊徑，引入觀光潛水器推行淺海探索旅遊。兩地均藉助科技的力量，跨界融合旅遊資源，打造旅遊發展新方向，成為旅遊經濟新引擎。

香港自然風景靚麗，飛行器在萬宜水庫一帶上空盤旋，便能以最佳角度欣賞海岸美景和世界級地質公園；觀光潛水器可潛入印洲塘海岸及西貢海下，觀賞古沉船、石珊瑚和軟珊瑚，體驗感十足。但問題是，光有構想遠遠不夠，新旅遊項目還須落地。

現時，引入全新觀光載具挑戰很大，缺乏政策助力，就算有心人想嘗試也難以入門。筆者期望政府拆牆鬆綁，提供一站式配套服務，方便旅遊投資者可引入飛行器及潛水器，打通渠道，為「＋旅遊」、「旅遊＋」營造友好環境，給予投資方信心，為低空觀光、淺海探索等創新型旅遊產品創造有利條件。

2024 年 6 月 7 日《頭條日報》〈旅友良言〉

宏觀規劃藍圖
推動旅業升級轉型

文化體育及旅遊局自四月開始舉行《香港旅遊業發展藍圖 2.0》業界諮詢，迄今已舉行十餘場諮詢會，囊括旅遊全產業鏈持份者、學術界、教育界及立法會議員。

特區政府在 2017 年發表《藍圖 1.0》，提出四大策略和七十二項措施。七年過去，宏觀環境變化始料未及，國家亦出台不少新措施，正待香港把握機遇、配合發展。如此背景之下，制定《藍圖 2.0》實為當務之急。藍圖要由 1.0 進化提升至 2.0，以下元素必須要納入其中，推動旅遊業的升級轉型。

2020 年底，國家公布了《粵港澳大灣區文化和旅遊發展規劃》，引領大灣區成為世界級旅遊目的地，旅遊業的發展成為特區政府的一項重要工作。去年《施政報告》和今年《財政預算案》，均用了相當篇幅支援旅遊業發展。2022 年，特區政府成立文體旅局，今年又成立由財政司副司長親自督導的「盛事統籌協調組」，反映了政府對旅遊業發展的重視，響應中央政策。

旅遊是不同文化交流互鑒、傳播文明、增進友誼的橋樑，所以其意義不只是一門吸引旅客觀光消費的「生意」，更是向外説好香港故事、提升自身軟實力的戰略性產業。藍圖應反映旅遊業對香港聯通國際，發揮國家南大門角色、鞏固和推動「八大中心」建設的作用，將旅遊業提升至「戰略性產業」的層次。

香港有很多寶貴旅遊資源，例如海岸和海島資源、古蹟和歷史建築、影視文創的 IP 等等。對於一些新的規劃，如能在構思階段已滲入旅遊元素，就可將新規劃的旅遊潛力盡情發揮。不過，當中涉及到的範圍，例如改善交通和旅遊配套，往往超出旅遊專責部門的職權。特區政府須提出一套跨局協調機制，讓各個部門都有一顆「旅遊心」，全面彼此協調，對接落實文旅規劃，並在香港新的文旅規劃中滲入更多新元素，改善和提升旅遊配套。

筆者希望，《藍圖 2.0》能引領旅遊相關業界做好串連和聯乘效應，為旅遊產業提質提量。這可分兩個方面來分析。

首先，是串聯旅行社、酒店、交通運輸、景點、餐飲、零售業之間的合作，為旅客帶來更優質的服務，打造更多消費場景，帶動旅客在港消費。

其次，是旅遊產業鏈與其他界別進行聯乘，促進跨界別合作，打造更多「旅遊＋」或「＋旅遊」產品。為滿足旅客的多元旅遊體驗需求，特區政府要促進文體旅以及不同產業的融合，在促成不同界別的合作上，發揮更積極主動的角色。例如日本透過成立運動觀光推廣聯盟，作為促成公私營合作的平台，打造各種運動旅遊產品。在現屆特區政府成立之初，筆者倡議成立「文體旅策略發展委員會」，作為促進三個界別互動交流的平台，而文體旅局今年將旅遊事務署轄下的「旅遊業策略小組」升格為由局長擔任主席的「旅遊業策略委員會」，並委任了文化、體育等界別代表加入委員會。不過，政府如何善用委員會，發揮促進跨界別合作的作用，如何串聯整個旅遊產業鏈以至聯乘其他產業打造產品，是提升競爭優勢的關鍵。筆者期望《藍圖 2.0》可以提供答案。

做好香港旅遊業，離不開「產品為王，服務為重」這八個字。散落在本港不同地區的旅遊資源要重新整合，打造更優質的產品和服務。在孕育產品上，雖然《藍圖 1.0》有提到培育拓展旅遊產品及項目，但力度上和持續性有待加強。大型項目方面，《藍圖 2.0》要追回部分《藍圖 1.0》未見進度的項目，例如啟德旅遊中樞、港珠澳大橋香港口岸上蓋。另外，特區政府也要開拓一些新的旅遊項目，例如在無人海島打造高質度假景區，將類似「本地特色旅遊鼓勵計劃」持續下去，孕育和推廣本地特色旅遊產品。

服務的關鍵在於人。在諮詢期間，不少業界朋友關注到如何吸引人才入行。《藍圖 1.0》雖然有提到人才培訓，但當時的精力多集中於處理入境團的管理問題，重視「監管」而少談發展。在《藍圖 2.0》中，特區政府應就如何吸引新人入行、培養旅遊業人才，給出政策導向，如鼓勵大專院校培訓旅遊人才，以及從源頭上發掘旅遊人才，並且加大旅遊業職業資歷架構的宣傳，提升旅遊行業的整體形象。

香港旅遊業正面對巨大挑戰，《藍圖 2.0》應該是一份全面提升香港旅遊業競爭力的行動方案，透過業界和政府的串聯合作，深挖香港的優勢，全面為旅遊業提質提量，令旅遊業成為增強香港發展動能的重要引擎。當然，除了特區政府和業界的努力外，每一位市民都可以為旅遊業盡一分力，營造好客的氛圍，令旅客賓至如歸。借用旅發局的宣傳口號「好客之道，做多一步」，全港市民都可以為香港的旅遊業作貢獻。

2024 年 6 月 12 日《文匯報》

展現國寶熊貓的多重魅力

在香港回歸祖國二十七周年之際，中央再次送贈熊貓，對香港旅遊業及整體社會都是喜訊。

熊貓貴為國寶，是國家的外交大使，亦是國家生物多樣性工作的優秀成果。過去送贈的安安、佳佳、盈盈、樂樂，陪伴港人成長，成為市民的集體回憶。香港海洋公園一直是熊貓的飼養園區，近年來海洋公園重新定位為康樂、教育及保育，此次送贈無疑為園區轉型帶來助力。

近年來，得益於互聯網的發展，熊貓的生活得到更廣泛的關注，由此產生了網紅熊貓，更帶動了旅遊發展。熊貓界「頂流」花花，就憑一己之力，去年五一節帶動二十六萬四千名遊客到訪成都參觀，讓成都大熊貓繁育研究基地一躍成為中國十大熱門景點第二。而人氣熊貓「福寶」，今年返回家鄉四川後，亦帶動中韓旅遊熱潮，韓國多家旅行社推出「赴華熊貓旅遊套餐」，成為另一旅遊賣點。

雖然海洋公園的情況與內地、韓國不同，但也可參考他們的經驗。首先，針對不同熊貓的外形或性格特徵，建立有辨識度的「熊設」，配搭熊貓的日常紀錄，分享至社交媒體，滿足了大眾「雲看熊貓」的需求，增強互動性。其次，用「養成系」思維打造「熊貓明星」，韓國節目《動物農場》記錄了愛寶熊貓一家的趣事，並為福寶創造性地設計了一系列紀念日，以此吸引更多的遊客入園參觀，增加粉絲黏性，福寶的寫真書更因此銷量不菲。

其三，可考慮探討讓網紅熊貓來港探親技術上的可行性，讓市民一睹花花、七仔、北辰等熊貓明星的風采。

最後，香港可仿效成都，打造以海洋公園、博物館、濕地公園、地質公園為依託的「自然科普都市遊」研學產品，發展熊貓研學之旅，讓熊貓助力海洋公園發揮保育、教育功能，亦有助同業打造旅遊產品。

2024 年 7 月 5 日《頭條日報》〈旅友良言〉

進一步釋放
沙頭角旅遊潛力

保安局自 2022 年六月起與旅遊業界合作，逐步開放沙頭角禁區予旅客，計劃受到歡迎。近日保安局向立法會匯報進度，將試行上調每日個人遊名額至二千三百人。

沙頭角的旅遊潛力巨大，中英街宛如皇冠上的寶石，卻仍未列入開放範圍，失色不少。筆者多次同業界到訪，均只能在檢查站前的瞭望台一睹中英街風貌。而一街之隔的深圳，內地居民早可通過預約參觀，街上熙熙攘攘，對比強烈。隨着中英街檢查站重置工程在八月底完成，並在第四季度引入「人面辨別」先導計劃，筆者認為可通過該技術，讓旅行社試行以「團進團出」方式參觀中英街，建議得到保安局的正面回應，期望能盡快實施。

另外，沙頭角附近有豐富的藍綠資源。沙頭角以西的紅花嶺郊野公園，有翠綠的山巒郊野、高保育價值的自然生境，還存留着二戰戰壕、英軍瞭望台和麥景陶碉堡等軍事遺跡。筆者曾於四月考察過蓮麻坑鉛礦洞，在建的開放式博物館蘊含採礦歷史和蝙蝠生態，沿路下山更可順道參觀被列為法定古蹟的葉定仕故居。試想一下騎着單車，沿蓮麻坑路通過禁區路段，東西往來穿梭，深度探索，有利旅遊業界包裝貨真價實的「禁區＋邊境」旅遊產品，實在值得政府當局深思！

2024 年 7 月 10 日《am 730》〈旅友時評〉

善用馬會資源
拓展高端旅遊

香港旅遊業向高增值轉型，文體旅融合是必由之路。香港賽馬運動有超過一百八十年歷史，賽馬會是全國最具規模的賽馬機構，不同世代名駒輩出，今年亦有兩匹本港賽駒揚威海外大賽，而 2008 年北京奧運的奧運馬術比賽也是由香港承辦，向國際展示了香港賽馬運動的軟硬實力。

雖然賽馬會營運博彩業務，但同時是全港最大的公益機構，不單資助社會服務，亦支持多項古蹟保育，深受旅客歡迎的大館就是其中之一。除了發揮慈善公益的功能外，也應發揮好其發展經濟功能，特別是促進文體旅融合，打造高端旅遊產品的作用。

沙田馬場可容納逾八萬人，在每年十二月國際賽事常邀得知名藝人於場內不同區域，甚至馬匹亮相圈表演；而位處鬧市之中、被高樓簇擁的跑馬地馬場也能容納兩萬人，賽馬日恆常在啤酒園的歌舞表演，是深受歡迎的放鬆消閒新選擇，加上兩個馬場都有定期煙火節目表演，無論對本地市民和旅客，均極具吸引力。

以剛過去的煞科賽馬日為例，就破紀錄吸引六千多位內地旅客入場，佔總人次超過兩成。筆者認為，文體旅遊局不妨與馬會合作，例如鼓勵會方在非賽馬日撥出表演場地，預留特定節目座位予旅遊業界，共同研究打造高端旅遊產品，打造賽馬運動的尊貴體驗，吸引更多高增值過夜旅客。

2024 年 7 月 24 日《am 730》〈旅友時評〉

東風已來
借勢而行

中共二十屆三中全會描繪以中國式現代化全面改革的藍圖，全會通過的《決定》，涵蓋經濟、政治、文化、社會、生態、國防及軍隊建設等多個領域，展現中央注重改革實效、健全體制機制的決心，不僅事關國家未來發展路向，對香港亦是蘊藏諸多機遇，香港需要認真學習領會全會精神，融入國家進一步全面深化改革開放的大局。

《決定》在高質量發展方面提出了「健全因地制宜發展新質生產力體制機制」的要求，強調「以國家標準提升引領傳統產業優化升級」。筆者所在的旅遊業無疑是傳統行業的代表之一，但行業必須要求新、求變，提升競爭力和生產力，朝向高質量發展，方能回應市場的需要。故此，筆者多次提出香港旅遊業需要更新發展藍圖，希望透過藍圖的制定，反映旅遊業界在助力國家推動高水平開放的戰略性作用，發揮好香港旅遊樞紐的角色，融入國家發展大局，打造更多一程多站產品，並且深入挖掘香港的文化歷史和自然美景，加強統籌和善用散落在不同部門的旅遊資源，亦要讓旅遊插上科技的翅膀，向智能化、永續化方向發展，善用大數據，應用 AR 技術，引入電動垂直起降航空器（eVTOL）、觀光潛水艇等等，提升旅遊體驗，全面提升香港旅遊業的整體競爭力。

其次，《決定》明確提出要推進高水平對外開放。香港依託國家超大規模市場優勢，在深化國際合作中增強開放能力，可以在國家高水平對外開放中發揮獨特作用。香港擁有「一國兩制」的制度優勢，是中國最開放、最自由的經濟體，善用好「背靠祖國、聯通世界」的獨特優勢，必能大有可為。旅遊是不同文化交流互鑑、傳播文明、增進友誼的橋樑，香港作為祖國面向世界的南大門，可成為向外講好中國故事的窗口，同時應歡迎海外多元文化，推進香港建設中外文化藝術交流中心。

本屆特區政府成立了文化體育及旅遊局，更聚焦落實「以文塑旅、以旅彰文」的理念。今年特區政府亦設立了盛事統籌協調組，繼續打造香港成為亞洲盛事之都，全年在港舉行近二百一十個海內外項目，包括時尚潮流、影視娛樂、藝術展演、文化峰會等，這亦是香港利用獨特地理優勢，加強與海外及內地的文化交流，吸引高質量文化藝術展覽和表演來港，契合「十四五」規劃中支持本港發展成為中外文化藝術交流中心的定位。

在百年未有之大變局下，香港理應調整目標定位、發展路徑，重新認識社會主要矛盾，真刀實槍地推進社會結構優化，敢於打破藩籬，為經濟發展創造更好的前提條件，真正做到「民有所呼，我有所應」。

東風已來，借勢而行，三中全會《決定》字字珠璣，我們應認真研讀，抓住機遇，勇立潮頭，為國家新一輪改革出力，發揮不可替代的獨特作用，亦為實現自身新發展，加快邁向由治及興的步伐。

2024 年 8 月 2 日《文匯報》

理順四大環節
拓展航空中轉客市場

自去年底，國家陸續對德國、法國、意大利、荷蘭、西班牙等十二個國家單方面開放免簽入境政策之外，今年七月「免簽證朋友圈」進一步擴及新西蘭、澳洲等國。此外，中國亦對五十四個國家實施一百四十四小時過境免簽，將更多口岸納入當中。多項利好措施，助力內地入境遊市場，今年上半年內地的外國人入境市場同比增長百分之一百五十二點七，其中免簽入境遊客佔比近五成。

香港作為國家的南大門，應抓住國家開放入境遊的機遇，推出措施開拓中轉客市場，不但有助鞏固香港國際航空樞紐和旅遊城市樞紐地位，更可成為提振旅遊業的額外動力。

香港國際機場的乘客，一般分為本地、訪客、中轉客。而中轉客大概可分為兩類：過境客（transit），意即在出發地與最終目的地之間停留，再搭乘相同航班離開；另一類是轉機客（transfer），他們通常可在中途點停留較長時間，隨後搭乘相同或其他航班前往最終目的地。2018 及 2019 年中轉客市場份額，佔香港整個航空流量近三成；但受疫情、地緣政治、其他樞紐競爭的影響，2023 年及今年上半年，中轉客市場佔比仍在兩成左右徘徊，而當中絕大部分都屬轉機客。

要開拓中轉市場、善用內地入境市場增長契機、發揮香港樞紐功能，筆者認為以下環節有待梳理：一是航空運力，特別是恢復長程航線；二是特區政府對中轉客的簽證政策；三是香港機場與內地的對接；四是政府要提供誘因，鼓勵轉機客成為入境旅客。

香港國際機場的運力，目前僅恢復至疫情前的八成左右。來往歐洲、北美的主幹航線恢復速度緩慢，導致整體航點數量仍停滯未前。

爭取恢復主要長途航線，仍是政府需持續推進的工作。今年六月，機管局推出兩項關於開辦新航點及復辦關鍵長途航線的獎勵計劃，正是一個好開始。然而面對其他樞紐機場的激烈競爭，政府必須繼續向航空公司提供誘因，積極爭奪航線份額，擴闊本港訪客客源。

在簽證方面，要按香港實際情況對接國家的大政策。國家入境政策對雙向免簽、單向免簽、過境免簽有不同部署。其中有四十一個國家，存在入境內地與香港的政策差異，這些國家可免簽入境內地，卻不能免簽或「落地簽」香港，例如柬埔寨、越南等。這些國家其實是有潛力的新興客源地市場，香港應檢視現有簽證政策，靈活調整。

香港也可審視情況，仿效國家實施一百四十四小時過境免簽政策，只要持有第三方國（地區）的聯程機票，便可免簽入境香港停留一百四十四小時。

針對中轉客當中的過境客簽證，更要盡快理順。令筆者十分意外的是，現時仍有三十二個國家即使只是過境香港，不入境都需要辦理轉機簽證（transit visa）！這與國家過境免簽政策，甚至放眼鄰近樞紐機場包括曼谷、新加坡等，均有天淵之別，窒礙香港發揮樞紐機場的作用，應盡快檢討。

除了簽證，也要加強機場與內地的聯運。香港機場着力改善海空和陸空聯運，但鐵路與航空的聯運對接就比較忽略。西九龍高鐵站直接連通內地鐵路大動脈，香港應利用高鐵的強大輻射網絡，及內地客持有效護照及第三國（地區）車船票、機票便可過境免簽來港七日的政策紅利，將高鐵香港站視為巨大的流量出入口，加強西九龍站與機鐵九龍站的聯動，讓高鐵客變「經港飛」的出入境客源。

同時，為遊客出行便利考慮，在高鐵站、大型港鐵站（如紅磡、尖東）增加存儲空間，方便遊客存放行李，隨時隨地遊覽市區。

將中轉客變為入境旅客，吸引他們善用轉機時間在港旅遊，可成為旅遊業新增長引擎。政府可參考 2017 年為提振中轉客的多項計劃，如豁免中轉客離境稅；與本地航空公司、旅行社、酒店及景點等推出「過境旅客留港優惠」計劃，還可仿效新加坡，向停留五小時三十分鐘以上的中轉客提供免費市內觀光團，如免費半日遊，優惠的一日遊、兩日遊等；提供免費交通服務，並將優惠範圍由機場到市區的轉機客，延展至機場、市區雙向轉機客，向遊客提供更多選擇在港轉機的誘因。

最後，香港機場可以借鑑迪拜、新加坡等樞紐機場的成功經驗，提供更契合中轉客需求的配套設施，例如免費休息室、毋須入境即可入住的過境酒店；同時重視科技賦能，通過使用自動化技術簡化出入境手續，提升便利度，升級轉機體驗。

機場三跑系統將於今年底投入運作，香港機場客運力將可提升至最高每年一億二千萬人次。筆者期待政府理順上述問題，推出針對措施，吸引中轉客變為入境客。如此多管齊下、竭盡板斧，助力航空業復甦，提振旅遊業發展，發揮出機場樞紐、城市樞紐的雙功能！

2024 年 8 月 23 日《明報》

爭取新增「新塘」站點

香港高鐵自 2018 年開通以來，已實現直達七十八個內地站點，單是 2023 年已接待約二千萬人次，成為香港聯通內地，帶動經濟和旅遊發展的交通大動脈。可是，香港同廣州市的對接，仍有優化的空間。

現時香港往返廣州的兩條線路，廣州南站雖較快捷，但距離市中心較遠。直達市中心廣州東站的線路，最快九十分鐘，速度有待提升。更大問題是，線路在東莞站後便沒站點，對新塘高鐵站「過站不停」，覆蓋不到廣州東部大部分人口，未能滿足乘客熱切需求。

2023 年才開通的新塘站，是廣州鐵路樞紐「五主四輔」中的東部樞紐中心，是廣州市新發展核心區，亦是大灣區高鐵骨幹網的關鍵一環。該站與廣深鐵路、廣汕高鐵、廣州地鐵十三號線和穗深城際軌道等交接，發客流量由初時約五千升到三萬人次，日均列車由五十六趟增加至二百一十五趟。加上由新塘站至廣州北站的「新白廣城際」將於今年底開通，令新塘站成為兩條國鐵、兩條城際，一條地鐵的核心樞紐。

香港往廣州東的高鐵，既然已經途經新塘站，一個如此重要的樞紐站，實在值得成為香港高鐵第七十九個內地站點。筆者已向運輸及物流局和港鐵反映，希望加快與內地協商，讓香港高鐵盡快實現停靠新塘站，更好地接上內地的鐵道樞紐，令高鐵可為粵港兩地帶來更大的出行便利和經濟效益。

2024 年 9 月 4 日《am 730》〈旅友時評〉

政府需助業界加快數字化轉型

疫後旅客需求明顯轉變，旅遊業界要提升競爭力就離不開善用科技，發展「智慧旅遊」。故此筆者聯同旅遊業界及資訊科技業界，籌辦了 2024 年「智慧旅遊」研討會，為旅遊業、學術界、供應商等不同持份者提供多角度討論的平台，推動業界升級轉型，共謀發展方向，讓業界了解更多智慧旅遊的實踐方向。

智慧旅遊應用層面很廣，理工大學宋海岩教授指出當前有五大應用趨勢，包括大數據分析旅遊行為和需求；人工智能客戶服務和行前規劃；AR / VR 沉浸式體驗；物聯網技術用於酒店管理；生態智能系統用於節能和優化成本等。今年理大成立的旅遊業數字化轉型研究中心，正通過跨學科合作，推動智慧旅遊發展。

其實，香港推動智慧旅遊起步說不上慢，政府早在 2016 年設立了「旅行社資訊科技發展配對基金先導計劃」，鼓勵業界善用創新科技。2017 年《旅遊業發展藍圖》首次提出發展智慧旅遊，2023 年的《施政報告》對智慧旅遊亦有着墨，提及文體旅局成立跨部門的「智慧旅遊工作組」等舉措。但相對於以上五大範疇，香港的智慧旅遊應用仍然十分局限，以大數據為例，目前的旅遊統計分析主要以出入境數據及旅發局問卷調查為主，連細分內地客源地都未能提供，更遑論用大數據來分析了。

誠然，本港發展智慧旅遊存在不少困難，大多旅行社屬於中小微企，欠缺資金、技術、人才和經濟規模，升級轉型舉步維艱。有幸的是，香港學界和通訊業界都在研究智慧旅遊，助力業界轉型升級。筆者期望，政府去年成立的「智慧旅遊工作組」，盡快提出具體建議和政策措施，調撥資源，推動跨界合作，搭建包括旅遊界、科技界、政府及學術界合作的跨界平台，共同打造更多智慧旅遊的應用場景，讓香港旅遊業插上科技的翅膀。

2024 年 9 月 13 日《頭條日報》〈旅友良言〉

落實無處不旅遊需跨部門機制

如何落實無處不旅遊，是近來社會各界的熱門話題。確實，香港有不少未被善用的特色景點，它們不需要大興土木，只需政府略為調撥資源，改善配套，配合適當的宣傳，就可以「四兩撥千斤」，打造成為受到旅客歡迎的特色地標。

以法定古蹟西營盤高街舊精神病院立面為例，極具特色的花崗岩石遊廊原本不設開放，經筆者去年在立法會爭取，古蹟辦與中西區民政處積極配合，立面交由後者管理，撮合去年十月的遊廊開放，最近更配合上光影藝術，成為活用市區古蹟的例子之一。

可是，香港有待發掘的特色旅遊資源分散不同部門，要釋放這些資源的旅遊潛能，其中一大問題是要有牽頭部門處理複雜跨部門協作。

筆者建議，由政府高層牽頭，成立落實無處不旅遊協調組，由旅遊事務署、古物古蹟辦事處、漁農自然護理署、康樂文化事務署、民政事務總署等部門為協調組當然成員，統籌及善用香港豐富的五色旅遊資源，並與旅遊業界設立溝通機制，共同評估旅遊潛力，開放更多現有卻未被充分利用的景點資源，落實好「無處不旅遊」理念，為旅客帶來更豐富選擇和體驗。

2024 年 9 月 25 日《am 730》〈旅友時評〉

開通西部「夕發朝至」高鐵列車

今年國慶黃金周，首日錄得二十二萬多內地遊客南下，是疫情後錄得的單日入境新高。據筆者了解，十一前夕，從京、滬發車直達西九的臥鋪高鐵特爆，上座率達到九成，其他日子上座率亦不俗，説明長線臥鋪高鐵愈來愈受歡迎。

猶記港京臥鋪高鐵首發，筆者與多位議員隨運輸及物流局局長率先體驗，興奮之餘亦提出多項改良建議。國慶前夕，筆者欣喜地收到港鐵發布的好消息，一是在國慶首日將臥鋪列車升級為「復興號」，這也是全國首次以「復興號」提供臥鋪服務，提升了行車速度；二是優化列車時間表，出發改至較晚時間，方便乘客下班或晚飯後才啟程，更加靈活及突顯「夕發朝至」的優勢；三是調整臥鋪列車路線，上海線增加寧波站，更貼合旅客的實際需要；四是優化車內設施，如提供獨立充電插座、梳洗用品包及增加洗手間等，旅遊體驗得以升級。

高鐵是香港重要連接內地的交通動脈及遊客流量入口，筆者一直高度關注善用高鐵，推動旅遊業發展，促進香港融入國家內循環。故此，筆者早前撰文提出短途增設新塘站，覆蓋廣州東部大部分人口，幫助香港加速融入大灣區高鐵骨幹網。而長途市場，亦應有序鋪開長線臥鋪高鐵網絡，延展至西南、西北地區，城市選擇上首要考慮西安、成都。現時，兩地與香港的乘車時間均在八小時左右，若開通「夕發朝至」高鐵列車，不僅時長吻合，更能以成都帶動「雲貴川渝藏」，以西安帶動「陝甘寧青新」，輻射西部省市及自治區，激活西部長途客源市場，同時方便港人出遊，感受祖國的大好河山，豐富目的地市場，以高鐵助力香港在國內大循環、國內國際雙循環中的樞紐作用。

2024 年 10 月 4 日《頭條日報》〈旅友良言〉

挖掘中亞市場的潛力

筆者早前參與旅遊業議會組織、旅遊事務署支持的首次「一帶一路」考察團，與同業一起「走出去，引進來」，到訪了中亞國家哈薩克。

哈薩克與祖國的天山山脈接壤，自國家免簽政策出爐後，兩地雙向旅遊得以發展，出入境旅遊市場都有所提升。此次到訪的阿拉木圖市，獲副市長親自接見，據他介紹，阿拉木圖的 GDP 佔哈薩克全國的五分一，人均 GDP 達兩萬四千美元，經濟發展水平不俗，可見其旅遊消費潛力。

同時，內陸國的特色地貌、遊牧民族的風情、歐亞文化的交融，賦予了哈薩克差異化、特色化的旅遊資源，哈港兩地互為客源地、目的地條件優良。現時，香港入境市場中亞客源佔比微乎其微，若能恢復香港與阿拉木圖的直航航線，六小時的航程，完全能開啟哈港兩地説走就走、跨越山海的雙向奔赴。當局表示正爭取在明年初復辦航線，這對兩地的旅遊業，都是大好消息。

筆者希望透過此次考察，旅遊業可發揮「排頭兵」作用，通過兩地業界的充分溝通、合作，打造兩地成熟的旅遊路線，並以旅遊為媒介，加強雙向民間交流和商務合作，為香港入境遊培育新興市場，同時亦為「一帶一路」國策作出應有的貢獻。

2024 年 10 月 23 日《am 730》〈旅友時評〉

善用北都藍綠生態資源

喜愛生態旅遊的朋友，最近可說是大豐收。位於沙頭角的紅花嶺郊野公園剛在上星期六正式開放，塱原自然生態公園也將在本星期六舉行開幕禮。

紅花嶺是香港第二十五個郊野公園，與深圳梧桐山風景區相連，景色宜人，並有豐富的生物種類及人文歷史。至於塱原自然生態公園，是為補償因開發新發展區造成的濕地損失而建，是香港最大的連片淡水濕地，生物多樣性豐富，是過境候鳥的補給站。

塱原和紅花嶺，再加上現有的香港濕地公園、米埔自然保護區、印洲塘、荔枝窩和還有未來的三寶樹濕地保育公園、白泥尖鼻咀等地區規劃，可見北都有非常豐富的生態遊資源，如何做到保育和發展可持續生態遊並行，善用生態資源和完善整體規劃配套，為發展深度生態遊產業打好基礎，是政府值得認真深入研究的課題。

當務之急，是要處理好政策配套滯後的問題。以紅花嶺為例，進出公園的主要道路蓮麻坑路仍然是禁區，不利遊人進出。交通的配套，也是針對個人客為主，沒有考慮深度團遊的需要。

另外，現時的藍綠資源多是由政府部門或由非牟利團體營運，如果要發展專業的藍綠生態遊，就要讓在生態遊富有經驗的同業有更多參與，便利業界打造針對旅客的深度遊產品，令高質素的生態遊，成為香港另一張旅遊名片。

2024 年 11 月 6 日《am 730》〈旅友時評〉

用好「三跑」強化樞紐地位

香港國際機場「三跑道系統」於十一月二十八日啟用，筆者有幸在場見證了香港民航發展的重要時刻，倍感自豪！啟用後，機場大幅擴容，未來每小時處理航班數將增至一百零二架，每年客運量可增至一億二千萬人次，貨運增至一千萬公噸，為國際航空樞紐的地位，奠下更雄厚的基礎。但要用好「三跑」容量，就須加大力度擴展航空網絡，加強協調空域使用。大灣區有七大機場，須以「大灣區機場群」的思路，形成「競合」關係，一起做大市場的餅，才能提升整體競爭力，這亦是國家的政策方向。

機管局早前入股珠海機場，有利於強化「經珠港飛」直通客運服務。去年，珠海機場處理逾一千一百萬人次旅客，在廣東省內僅次廣州白雲和深圳寶安，而珠海目前正擴建明年啟用的T2航站樓，屆時可提升客量至逾二千七百萬人次。筆者認為，大可將珠海機場視為本港機場的「四跑」，優化分工，協調航班時間，讓珠海機場專注國內線，本港則主力國際線，鼓勵旅客利用兩地機場，實現內地航班與國際航班接駁。

另外，香港廉航佔比相對較低，機場擴容後亦可思考如何吸引廉航的問題。新冠肺炎疫情前，廉航機位僅四十八萬，佔整體香港機位的一成二，今年第一季度該比例升到一成九，機位五十五萬三千。同期，新加坡廉航佔比高達三成二，機位更是香港的兩倍，因此加強香港的樞紐角色，廉航應該可發揮一定角色，為旅客帶來更多選擇，提升香港機場的競爭力。

2024 年 12 月 4 日《am 730》〈旅友時評〉

釋放旅遊潛力
政策須拆牆鬆綁

筆者近日聯合新青年論壇以音頻電話隨機抽樣，成功訪問八百四十九名十八歲或以上香港市民，了解對香港旅遊資源意見。八成受訪者認同資源豐富，對列入調查旅遊熱點頗感興趣，近半受訪者有意參加旅行社的本地行程。

要善用香港豐富旅遊資源，政府政策引導不可少。調查提到的舊油麻地警署、沙頭角中英街、西貢地質公園雖受歡迎，卻因種種限制，旅遊潛力有待釋放。筆者期待政府新成立的發展旅遊熱點工作組，可參考此次調查的改善建議，一是政策上拆牆鬆綁，梳理目前不合理安排，便利旅行社打造旅遊路線；二是重視團遊，為旅客提供獨特和不可複製體驗；三是加強宣傳，向旅客推廣本地遊的特色產品，推動深度遊的持續發展。

舊油麻地警署可待中九龍幹線工程明年完成後提升開放程度，如聯絡中心或小型警隊博物館；現時的沙頭角開放計劃，應為團客增設落地簽安排，便利旅行社組團到訪。至於中英街禁區則以先導計劃方式，讓旅遊業界團進團出遊覽；西貢海岸公園則應放寬旅遊巴平日進入萬宜水庫限額，開放部分周末時段予旅行社，加快審批並考慮團進團出，以「低密度、高質量」為原則，打造可持續的藍綠深度遊產品。

2024 年 12 月 18 日《am 730》〈旅友時評〉

齊心落實旅業新藍圖

新年伊始，筆者先祝各位新年快樂，事事如意。回首2024，本港錄得約四千四百五十一萬訪港旅客，符合年初穩步復甦預期，在現時大經濟環境下實屬來之不易，這實有賴中央支持、特區政府及旅遊業各界的共同努力。

在新年來臨前，《香港旅遊業發展藍圖 2.0》正式發布。新藍圖廣泛聆聽了業界意見，提出四大定位、四大發展策略及一百三十三項措施，值得肯定。要將藍圖的願景由文字轉為具體的行動，一是形成支持業界發展的同心圓；二是因應時勢，適時更新；三是建立人人都是旅遊大使的意識。

旅遊業發展，上中下游產業銜接、產學研協同、出入境遊內外循環，每一環節缺一不可。故應形成以文體旅局為核心的同心圓，對內統籌政府各部門，監督藍圖落實，促進旅發局、旅監局、旅議會和其他業界商會的互動和合作，重視出入境雙市場；連結旅行社、酒店、交通運輸、景點、餐飲、零售等持份者，促進高效的產業鏈協同；並搭建跨行業交流平台，促成「+ 旅遊」的發展土壤。

其次，藍圖還需適時更新，引領業界發展。以國家的五年規劃為例，除前期調查，聽取意見建議外，還會科學研判發展大勢及趨勢性變化，明確階段性部署，科學設置約束性指標，起到引領之效，亦引導了社會各界的發展預期。

最後，要擦亮香港好客之都的品牌，各行各業要提供優質的服務，政府亦鼓勵廣大市民，為歡迎旅客做多一步。正如局長所言，建立人人都是旅遊大使的意識，令訪客賓至如歸，感受香港的都會魅力。

凡事預則立，不預則廢。香港旅遊業發展有了新藍圖，對落實旅遊業發展目標，凝結業界共識，人人為推動香港成為世界級的首選旅遊目的地而努力。

2025 年 1 月 3 日《頭條日報》〈旅有良言〉

第4章

心懷家國深情
同心同德同行

回憶列車
深水埗

説到深水埗，不禁想起充斥電子儀器的鴨寮街、俗稱「棚仔」的布藝市場、總能買到心頭好的高登電腦中心等等，還有新鮮製造的公和豆腐花、新香園蛋牛治及鴻發缽仔糕等地道小食。這只有九點五平方公里的小區，就像多啦 A 夢的百寶袋一樣，變出不同法寶，滿足各人願望。

然而隨着網上購物的流行，五吋半的手機屏幕佔據了人們大量時間，人與人之間的互動與溝通反之減少。為推動各區文化，加強社區互動，繼去年的「舊城中環」項目，旅發局帶大家遊歷舊中環警署、乘坐電車後，於今年推出「香港．大城小區 —— 深水埗」計劃，將深水埗特色街道如「花邊街」之稱的南昌街、大飽口福的北河街、賣珠仔的汝州街等融入香港本地特色旅遊路線，活化街區，讓遊客能在這裏尋覓昔日人情味。

相比起香港其他區，深水埗的懷舊特色較為突出。在這兒高樓大廈罕見，反而矮唐樓較多。「大城小區」項目啟動之後，深水埗的街燈均穿上紅白藍主題的新裝，突顯昔日情懷。正因如此，吸引了不少中外電影於此取景：《無間道》中的臥底相遇、《桃姐》中細碎平常的草根生活，以及《變形金剛 4：絕跡重生》的繁忙鬧市⋯⋯深水埗已不僅是一個平凡地區，它代表着香港獨有的色調，柴米油鹽都是昔日縮影。

時代變遷，我們步伐不停，惟深水埗就像一個老而彌堅的伯伯，帶我們重拾舊日情懷。吃着豆腐花，聽着《被遺忘的時光》，看着窗外的人來人往，泛黃的回憶如同過站列車，在腦中不斷閃現。這份略帶悵惘的心情，惟有深水埗能撫慰我，治癒我，溫暖我。

2018 年 9 月 27 日《晴報》〈逍姚遊〉

維港標記：鴨靈號

曾有朋友問我，為甚麼旅發局的官方標誌是一艘紅色帆船？其實是源自這艘名為鴨靈號的古董帆船，它憑藉別具一格的中式風格成為香港標誌性文物，不少明信片上均有它的身影。在香港歷史變遷中，鴨靈號顯然已是重要的維港標記。

1955 年，鴨靈號於澳門誕生，因外形遠望像鴨，因而名為「鴨靈號」。1985 年，法國商人對其進行為期三年的大規模翻修，恢復原來面貌。及後，英國公司買下它，並定期開放給旅客遊覽維多利亞海港，深受旅客歡迎，一度成為本港十大旅遊景點之一。2014 年，鴨靈號因年久失修沉於香港仔水域，其後有熱心人士洽購鴨靈號，耗資千萬修復：紅色帆布、柚木、用人手敲打作為警示的響鈴及銅牌刻上「Dukling Icon of Hong Kong」都是此次改造的成果。2015 年，鴨靈號再次起航，服務本地市民和遊客，繼續成為維港標記。

坐上古色古香的中式帆船，伴着斜陽看維港兩岸的摩天大樓，有趣的反差是乘坐鴨靈號的特色體驗之一。昔日香港從小漁村變為國際金融、航運中心，它見證了香港的傳奇歲月。現時雖受疫情影響，但鴨靈號未有停歇，並藉此機會加大力度向市民推廣漁村文化、從另一角度認識香港歷史。在疫情期間，更有不少客人選擇到船上慶祝紀念日、求婚，為人生增添難忘回憶，與鴨靈號分享喜悅。

「縱使風向無法改變，只要懂得調節船帆，同樣能達到目的地」，或許就像鴨靈號的精神一樣，學會面對挑戰，迎風起航，正是此時此刻社會最需要的正能量。

2021 年 4 月 29 日《晴報》〈旅友良策〉

遊大埔
體驗活化古蹟

大埔墟對於筆者來說，絕對不是一個陌生的地方，在學時期已是經常途經及尋找美食的勝地。最近和太太周末難得有空，就到大埔陳漢記回味地道的特色美食，忽發奇想到對面的小山丘散步，想不到卻發現古色典雅的「綠匯學苑」，原來是獲評為一級歷史建築：建於 1899 年的舊大埔警署，為今次的大埔遊帶來意外收穫。

1898 年，在英國政府脅逼下，滿清政府簽訂《展拓香港界址專條》，新界被逼租借予英國。1899 年，港英政府在運頭角里的圓崗興建大埔警署，並在此搭警棚進行正式接收新界的儀式，期間遇到新界居民的激烈反抗，成為英國佔領新界時，一段被淡忘的歷史！

舊大埔警署是新界第一所警署和作為新界警察總部直至 1949 年，其後擔當分區警署等角色，到 1987 年新建的大埔分區警署啟用後，它才停止運作。2010 年，嘉道理農場暨植物園藉第二期「活化歷史建築夥伴計劃」，將其活化成今天的「綠匯學苑」，以推廣低碳生活及綜合保育。

大埔舊警署是兩座單層式建築，按功能分為主樓和宿舍大樓，兩座建築由草坪連接，呈現出典型的警署建築佈局。外廊、紅磚牆、煙囱及斜尖的外觀特色，則顯示出殖民地的建築風格。進入警署的文物展覽室，我們發現當中除保留了報案室、羈留室及槍械房等設施外，三、四十年前使用的報案撥輪電話及公秤也是活現眼前，真實地向下一代展示舊警署的運作場景。學苑設有預約免費導賞服務，走到累了想喝一杯特色飲品消暑，不妨到「慧食堂」品嘗天然、有機茶飲就最好不過。

2021 年 5 月 13 日《晴報》〈旅友良策〉

尋找你我他的皇都

每每路過北角英皇道，一旁的皇都戲院總會吸引我的眼球，尤其是正門的浮雕及其標誌性的飛拱。現已獲評為一級歷史建築的皇都，即將展開復修活化工程，預計 2026 年重生。早前有幸獲邀參與《尋找你我他的皇都》活動，近距離參觀飛拱和昔日戲院商場內的珍貴舊物，細味戲院七十年的流金歲月，令我更了解戲院背後的故事。

建於 1952 年的戲院，前身為璇宮戲院，位處當年有「小上海」之稱的北角。當年，影業巨子歐德禮斥巨資二百五十萬元興建，並在五年間引進大量世界頂尖古典音樂和西方歌舞表演，使戲院成為當年重要的文藝平台。之後戲院易手，於 1959 年重新開業，遂改名為皇都戲院。上世紀六十年代，戲院主要放映西片和國語片，到七十年代初加入嘉禾院線。正因如此，戲院不僅是一幢充滿歷史的建築，更見證了香港文化藝術和電影業的興盛時期。

皇都戲院的活化計劃説明，文化保育可充分發揮歷史文物承載的文化及旅遊價值，但需要有心人、財力和政策！政府推動、商界參與、業界支持是成功之道。我一直認為，香港有很多具歷史價值的人文景觀、村落、古蹟等值得關注和挖掘。希望皇都戲院成為另一成功的例子，讓香港成為一個更有溫度的旅遊城市，以更多元的面貌向本地及世界各地遊客，呈現更動人的香港故事。

2021 年 5 月 27 日《晴報》〈旅友良策〉

連接今昔的空中花園

說起兒時獨特的九龍回憶，莫過於飛機掠過高樓鬧市的經典場面了。一直到 1998 年，機場遷至赤鱲角，啟德機場才完成了使命，退出歷史舞台。現時，昔日的機場搖身一變成為承托住宅、商業、旅遊、基建及休憩多重用途的綜合社區。位於承豐道的空中花園，沿舊機場跑道修建，從上月二十一日起揭開面紗，市民更可透過 AR 實境手機應用程式，在空中花園的「打卡位」拍攝飛機在上空飛過的照片，重現當時的實況。

筆者近日到花園參觀，花園劃分為園景廊、花園廣場、草地廣場、噴泉廣場及嬉水園地等幾部分，每一部分均有自己的特色。其中的花園廣場植被數量多樣，更按照季節色彩劃分春夏秋冬，配以一旁的植物介紹，寓教於樂，生氣盎然。而東北面的隔音屏障，因其流線形的外觀和波浪圖案也很搶眼 —— 在維港的映照下，讓人有置身於水流之感，頗具特色。

花園以航空為設計主題，自然少不了航空元素。地面的 13/31 象徵着啟德機場飛機升降的兩個磁方位：一百三十五度及三百一十五度。昔日機長需準確把握飛行角度，才能越過九龍的高山與大廈，回憶種種湧來，花園將啟德的過去、現在與未來巧妙融為一體。

毫無疑問，新的啟德空中花園、啟德跑道公園及郵輪碼頭公園勢必形成嶄新的公園網絡，成為市民悠閒好去處和遊客的打卡點，但幾者之間的步行連接設施和對外交通、車輛停泊等問題仍需重視及改善。此外，該花園由康文署管轄，應盡快納入綠色生活本地遊的景點清單，方便業界策劃新的本地遊市區路線，豐富本地遊資源。

2021 年 6 月 10 日《晴報》〈旅友良策〉

被遺忘的大夫第

舊建築的魅力在於一磚一瓦都是歷史，細節之處均是故事。正因如此，更應把握機會多多認識香港歷史。香港不乏舊建築，但因較少宣傳，不少古蹟鮮為人知，新田大夫第就是一處被遺忘的好景點。

大夫第建於清朝同治四年，原本是文頌鑾的府第。文氏的先祖源自四川，是南宋民族英雄文天祥後人，十五世紀開始定居元朗新田，是香港五大族群之一，對新界發展舉足輕重。1987 年大夫第便被列為古蹟，是香港最早一批得到保育重視的歷史建築。

大夫第是傳統華南士紳階級府第建築的典範，建築風格華麗。其正面，配以青磚牆體及花崗石牆基，灰瓦打造的船型正脊上，雕有以戲曲人物《楊家將》為主的人物陶塑。陶塑造型優美，更出自名家文如壁，觀賞性極高。入內參觀，正廳掛有光緒皇帝御賜的詔書，滿漢文字皆有，是不可多得的珍貴文物。最讓筆者驚歎的是，屋內通道拱門上竟有彩色玻璃窗和巴洛克式的花葉浮雕，中西方建築文化的交融在這座古宅中盡顯，非常特別。

然而因地勢偏遠，很多市民即便去過新田，也未曾到訪大夫第。看守大夫第的保安員，常年與其相伴，對大夫第已了然於胸。他如數家珍般的介紹，能讓遊客迅速了解這座建築的有趣過往。

去年九月打通的「超級單車徑」屯馬線，為市民提供了探訪大夫第、單車出遊的選擇。當然，最為舒適的遊覽方法是參加本地旅行團，點到點的服務可免去舟車勞頓之苦。希望旅發局加強推廣本地歷史古蹟，為市民的本地出遊打造更豐富的旅遊體驗。

2021 年 7 月 15 日《晴報》〈旅友良策〉

藝館遊思

要貼近一座城市的溫度與氣息，令人更立體了解不同年代的文化發展，不妨參觀博物館，內裏滿載館藏和文化遺產，可為旅程平添樂趣。

筆者趁周末閒暇，參觀了重新翻新及擴建的香港藝術館。歷經數年大變身，藝術館化身成尋寶屋，又因位於尖沙咀海旁，建築外形本身在不同角度的光照下，猶如層層波浪，與維港相得益彰，已是一幅天然藝術品。入內，每層都設有大面積的落地玻璃牆，方便觀眾欣賞維港美景。

展場布置方面也大花心思 ——「不是時裝店」展館陳列了與衣飾鞋履相關的七十六組傳統及當代藝術作品，還特設「試身室」，讓觀眾在虛擬世界「穿上」館藏中的服飾，大大增加了趣味性。如熱愛書畫，四樓的「南嶺之南」主題展則萬勿錯過，當中陳列了八十多組由明末清初至二十世紀的廣東繪畫作品，絕對能一飽眼福。即便沒有特定的藝術愛好，也可支持本地藝術創作，例如本地藝術家林欣傑創作的《雲圖境像》，用棉花製作出白雲形狀，十分搶眼，更已成為 IG 熱門打卡地。

除了香港藝術館，香港還有許多博物館 —— 康文署轄下就有十八所，其他公營機構、教育及非牟利組織及私營等博物館又有五十多所，加上即將在年底開幕的 M+、2022 年的西九故宮博物館，龐大博物館群的模型已清晰可見。然而，博物館除為本地市民服務，更應承擔吸引海外遊客到訪的重任。這將大大拓展香港的旅遊內涵，更有助香港旅遊形象轉型，開拓旅遊新視野。

2021 年 8 月 12 日《晴報》〈旅友良策〉

探索饒館

位於荔枝角山崗的饒宗頤文化館，毗連天然的蝴蝶谷。正值夏日，蛙聲一片，夜間更有螢火蟲，大隱隱於市，這裏是遠離喧囂的不二選擇。

步入饒館，漫山綠林映襯着星羅棋布的紅磚、白牆小屋，清幽淡雅的文化氣息撲面而來。文化館層次豐富，氛圍劃分上、中、下三區。其中，上區活化為翠雅山房酒店，各以琴、棋、詩、書及畫命名，共有八十九間房間，定位為文化旅館，藝術家入住更能享受八折優惠！

中區則為劇院、博雅堂和修學精舍，現時正舉辦「活字生香 —— 漢字的世界世界的漢字」專題展，遊客可以通過遊戲、互動等多種方式感受漢字；此外，中區設有餐廳悅滿軒，提供法式及意大利菜餚，因佔地兩層，有不少文青更選擇在此舉辦婚禮及派對。今年三月，中區還增設了 Coffeeflow 咖啡館，環境清幽，是看書、放空的好去處。

下區為藝術館和保育館，除常設展覽「文化傳承 —— 華學大師饒宗頤教授的故事」及「百年使命」外，下區庭院內的「天光雲影」是不容錯過的景點。這汪澄澈的池塘夾雜在紅磚房子之間，配以蓮花，美得令人驚歎。

因文化積澱豐厚，館內設有文化導賞、歷史遺跡研究及文化解說等配套服務，方便大家在交錯的時空光影中探索當中的生命力。疫情之下，旅客更追求個人化、具深度的旅遊體驗，饒館有無法複製的人文體驗，亦從社區出發、突顯本地文化特色，完全具備發展特色旅遊的條件。

2021 年 8 月 26 日《晴報》〈旅友良策〉

家鄉的味道

都説胃與舌頭是最念舊的器官，此言不假。香噴噴的絲苗米、甜蜜蜜的荔枝、清香甜的遲菜心，我的胃與舌有着記憶功能，承載着我對家鄉增城的回憶，是親情的思念，鄉愁的解藥。

説起家鄉一等一的好物，絲苗米絕對能排第一。廣州增城區石灘鎮，是三江匯流的沖積平原，土壤最為肥沃，是種植水稻的好地方。兒時家境清貧，但依仗這塊土地，缺肉缺穿卻不缺米。猶記得母親煮好的熱騰騰白飯香氣四溢，入口鬆軟，只吃白飯都是一等一的美味。即便是隔餐冷飯，簡單加配土雞蛋、葱花或欖角碎翻炒，也是一絕。

正是因為這份可口，增城人多是無米不成餐的米飯派，吃米頗講究，我也練就了獨屬於白米的敏鋭味蕾。增城水稻種植一年兩造，早造一般播種產量高、生長快的大粒穀品種，以交公糧為主；晚造才種植產量偏低，但質優、好價錢的絲苗米，農家人會用竹圍囤起部分留作口糧，其他的都會帶到市場出售，作為一年的主要收入。

然而絲苗米帶給我的遠不止米飯這麼簡單，它是我童年構成的重要部分，比如參加農活割禾。生活在城市的孩子，「粒粒皆辛苦」只是一句詩，但對於農家孩子，是切身的體驗。到了農忙季節，家家戶戶、大大小小都會去田間幫忙。我也不例外，跟着大人下田，大家分工合作，有的負責鐮刀割禾，有的負責用打禾機打穀，有的負責用麻包袋包裝和運送。因為貪玩，我最喜歡踩打禾機，踏板一踩，禾稈上的穀物便隨着滾軸脱落下來，禾稈退穀之後便成了禾稈草，捆成草公仔晾曬，曬乾後的禾稈草便放柴房儲存，成為農家一年到尾的主要燃料。當然，禾稈草還有很多有趣的用途，例如作為焗田鼠（煙燻）、煨番薯的最佳燃料，要細説起來，可一時半會説不完。

夏至吃荔枝，冬至吃菜心，是獨屬於增城的時令講究。

最負盛名的荔枝，在增城栽培歷史悠久，有傳聞北宋年間就已開始栽種，距今已有兩千年。即便在農業發達的現在，縱觀全國荔枝產區，增城荔枝種質資源和栽培品種也是最豐富的，多達七十多種，除了大家都耳熟能詳的掛綠，仙進奉、北園綠、甜岩、桂味、糯米糍等優質荔枝亦是個中翹楚。不過在我兒時，能接觸到的品種就少一些，主要是吃桂味、糯米糍，和更為大眾的和枝。我亦是摘荔枝的高手，自小練就了爬樹的本領和不畏高的膽魄，即便荔枝掛在最頂端最偏離的枝頭，我也可以敏捷地攀登上去，手到擒來。

大家可能有所不知，增城不僅有荔枝，更有荔枝蜜。童年時期沒有零食，荔枝蜜成為小孩奢侈的零食。每年清明前後，荔枝樹便開了花，養蜂人將蜜蜂集中在荔枝林，讓蜜蜂在花期採出單一的荔枝花蜜，蜜糖色澤清亮、質感較稀，帶有荔枝花的清香，兒時和水飲下，是難得的享受。到了農閒時分，母親都會在家做些小吃，例如手磨芝麻糊，若是配上一點荔枝蜜，那份甜蜜至今難忘！

食在廣州、菜在增城。這個菜非遲菜心莫屬。

遲菜心，家鄉也叫高腳菜心，如其名，它長得又高又大，又在冬至至農曆新年間才收成。但這份等待值得，每棵遲菜心可重達上千克，是一般菜心的十幾倍重，但菜質卻很鮮嫩，吃起來香脆甜爽。其功能性很強，胸徑較粗，下半部分老葉可餵豬，稍嫩可切絲餵鵝仔，最嫩的菜心則是人吃。摘掉主心的遲菜心，還有副心可吃，是冬季不可多得的時令菜。

遲菜心長在冬季，花出得慢，天氣愈冷、菜質愈好、菜就愈甜，這份低溫與時間賦予的香甜，讓菜心無論蒸炒燉煮都很美味。我最愛的烹飪方法，當屬豬油渣炒、臘味伴炒，隨着養生意識的增強，更流行的做法變為梅菜蒸、上湯浸。產量多的時候，亦不用擔心，曬成遲菜心乾，菜乾可用於煲湯、煲粥，同樣美味。所以可以說，一棵菜心用一句低語，說盡了南粵炊煙。或許正因如此，家鄉每年都會舉辦增城遲菜心美食節，來慶祝這一家鄉的名品。

美食對於記憶如此重要，它是情懷的構成，是鄉愁的具像化表達。魚米之鄉的增城，用豐富的農產品構成了我的獨家記憶和飲食圖譜，成為我與家鄉緊密的紐帶。由此不難推斷，一個地方的美食會成為一個人的牽掛，亦是遊人的牽掛，抓住遊人便要抓住他們的胃，如此動搖了腳步，鄉愁也好，旅遊也罷，風味盡在一蔬一菜之中。

2024 年 9 月 30 日《文匯報》

到訪船灣淡水湖

猶記年輕時，最愛釣魚。垂釣這件事，講究的是野趣，因此選址顯得尤為重要，而船灣淡水湖便是我的心水之一。船灣淡水湖是全球第一個海中興建的水塘，環境優美，若善用得宜，極有潛力打造特色行程，甚至發展成旅遊熱點。早前得悉水務署在水塘有定期捕魚的工作，興致大發，想進一步了解，探討其旅遊潛力。水務署得悉後，悉心安排，我便約齊多名業界好友，趁興觀賞船灣風景，了解捕魚工作，一起感受水塘的美景和特色。

為何水務署要在水塘捕魚呢？當然不會如我般，貪玩貪食，而是出於保護水質的初心。在此順道與各位分享多一些背景資料 —— 為避免水塘因水藻過度繁殖而影響水質，水務署會在水塘投放魚苗，讓水塘維持一定數量的魚類，攝食水藻，確保生態平衡。而水塘的魚類，主要由鯿魚、大頭魚和鯪魚組成，他們分別在水面、水的中上層和中下層攝食。水務署會定期進行「刺網捕魚」，以監察水塘內魚的情況。另外，水務署亦會聘請承辦商，捕捉過多的魚類，促進水塘生態的可持續發展。

鍾愛垂釣，自然懂得品魚。水塘魚之鮮，應該不止我一人垂涎。考察當日，我忍不住打趣道，若不是公務繁忙，很有興趣來做義工，替水塘清理魚獲。我敢保證，絕對有很多朋友和我一樣，對這份義工充滿興致，甚至可以再進一步，考慮與酒店或餐飲業界合作，善用優質的漁獲，打造水庫全魚宴。如此來看，署方竟需付錢外判來捕魚，可謂可惜！

船灣淡水湖風景靚麗，但作為儲存食用水的水塘，為保水質，其活動空間受限制可以理解。然而水務署管理的八個灌溉水塘，儲水僅用作灌溉用途，具備較大的可塑空間。另外，很多水塘都有豐富的歷史，水務法定古蹟有四十一項之多。故此，如何善用好水塘，並將其轉變為吸引市民和旅客到訪的休閒空間，無疑是一個值得深入研究的課題。憧憬在不遠的將來，能約起三五好友漫步在船灣，享受垂釣吃魚的生活趣味，讓生態與休閒和諧共存。

2024 年 12 月 24 日姚柏良 facebook

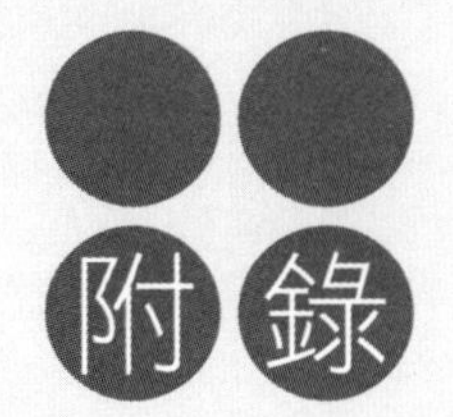

丹心一片，為民惠民

上世紀八十年代末，在人稱「三不管」的香港九龍城寨裏，住着一位從廣東增城鄉間來的運動小子。

生於務農的清貧之家，一顆赤子心並沒有被複雜品流污染。這名窮小子奮發向上，九十年代成為一家七口中唯一一位天子門生，本科畢業後既在校園春風化雨，也在社區無私義教，甚至當上為民請命的區議員。

如此熱心社會事務，促進內地及香港青年交流一直在他心中佔有一席重要之地。他順理成章踏足旅遊界，2015 年在理大修畢國際酒店管理理學碩士後加入香港中國旅行社有限公司，2021 年升任董事長。除了領導全港其中一家規模最大的旅遊機構，這位業界的中堅分子更積極參與議會工作，為行業發聲。他，就是「2024 年傑出理大校友獎」得主、香港旅遊界立法會議員姚柏良先生。

「理大為我打下堅實的知識基礎。我能夠勝任現時的工作，母校的角色舉足輕重。」

自強不息：輸在起跑線又如何

「柏良現向大家送上工作報告，敬請各位同業賜教指正……」「柏良感謝中央政府年內再推出惠港措施……」「感謝啟德體育園的支持，今日柏良與旅議會及酒店業界代表，率先實地了解……」無論是工作報告，抑或社交媒體，「柏良」總是那麼的親切、謙遜。

出身草根的他，少時隨着九龍城寨清拆而搬到徙置區，全家七口擠在不到二十平方米的鐵皮屋，其後又遷往老舊的公共房屋生活。在這樣的背景下，姚柏良十五歲已經出外打工，幫補家計。酒樓廚工、地盤工人、醫院學護等，在他的履歷上統統都有。

經濟的重擔並沒有令姚柏良荒廢學業。這位天生的運動健將在學校孜孜不倦，在田徑賽場戰績彪炳，終於在 1994 年入讀香港中文大學體育運動科學系。他活力十足，主動積極，除了繼續參與熱愛的運動，亦踴躍組織交流活動，為內地及香港兩地大學生搭建友誼的橋樑。

「我勇於挑戰自己，也希望積累多點社會經驗，豐富閱歷。」

潤物無聲：關愛獻社群

畢業後，姚柏良先當了三年總裁助理，但四處出差的生活中，始終惦記令人充滿幹勁的青年工作。於是，他回港執起教鞭，在中學當體育老師，十年間立德樹人，就連 2020 年東京奧運空手道女子個人形銅牌得主劉慕裳，也是他的學生。

老師是園丁，而姚柏良的園圃，除了學校，還有整個社區。

千禧年代初，他在觀塘開辦義務補習班，為新移民和低收入家庭學生答疑輔導，人人都為他點讚。2003 年沙士疫情來襲，姚柏良堅持「停課不停學」，讓孩子「打電話問功課」，又挨家挨戶派口罩，與坊眾共渡時艱。

姚柏良一直為社區的百姓勞心勞力。看到老人家坐在粗糙的花槽邊談天，他立馬爭取加鋪平

滑磚面；聽到居民説喉管生銹，每天用「黃水」，他義不容辭遞交請願書，獲政府承諾加快更換水管。2007 年，他眾望所歸，當選觀塘平田區區議員，往後十二年繼續鞠躬盡瘁——文娛康樂、長者服務、道路修繕……一個早已老化的社區，因一位古道熱腸的有為青年而生機勃發。

「我身體力行服務大眾，最大的理想，就是帶動年輕人關心社會。」

躬行實踐：闖出另一片天

「心繫社會」、「重視青年」，是屬於姚柏良的關鍵字。自學生時代熱衷推動內地及香港青年交流，他在籌辦一次又一次的互訪活動中，對旅遊業產生濃厚興趣。兩地的友誼之光，是思想的碰撞與心靈的交融，讓他心心念念祖國山河的萬千氣象，也立志向世界展示東方之珠的千姿百態。

正值壯年的姚柏良，毅然決定轉換跑道，勇闖旅遊界，在事業上再衝一波。

工欲善其事，必先利其器。世界頂尖的理大酒店及旅遊業管理學院，為姚柏良大展拳腳做好充分準備。他攻讀的國際酒店管理理學碩士課程結合學術研究與社會所需，不但豐富了他對行業的認知，而且從眾多實戰機會中，大大提高策略思維、分析能力、決策能力，以及領導能力。

「學習與實踐相輔相成：空談經驗而沒有理論，難以系統性地分析問題；只講理論而缺乏經驗，亦無法準確判斷行業發展。」

拼搏奉獻：凝聚力量建未來

2015 年畢業後，姚柏良獲香港中國旅行社聘任為高管，只花了六年時間，便成為了董事長，在促進香港和內地之間的聯繫方面貿勞卓著。

作為行業的領導者，他一直盡心出力，擔任旅遊業策略委員會成員、機場管理局董事會成員、旅遊業行業培訓諮詢委員會副主席、香港中國旅遊協會名譽會長等多項公職。

2021 年，姚柏良獲大比數票數支持，成功當選旅遊界立法會議員。他充當業界與政府之間的重要橋樑，透過倡議「五色旅遊」、文體旅融合、盛事經濟等，為香港旅遊業注入源源不絕的新動力。

攀上新一個高峰，姚柏良對理大的感激之心沒有窮盡。一向行動力十足的他熱心貢獻時間、專長與資源，出任理大校董會成員，以及理大教研酒店唯港薈董事，為母校長足發展出謀獻策。

未來，這位傑出校友會繼續就推動政府、高校及旅遊業合作上貢獻力量，聯繫各界，同心合力，為更美好的社會打拼！期待更多 PolyUer 以姚柏良為榜樣，志存高遠、心有歸屬，成為勇於承擔社會責任的「明日領袖」！

（文章摘自香港理工大學《丹心一片，為民惠民！2024 傑出理大校友姚柏良》2025 年 2 月 4 日）

責任編輯　陳珈悠
裝幀設計　旨　喬
印　　務　劉漢舉

出　　版　中華書局（香港）有限公司
香港北角英皇道 499 號北角工業大廈 1 樓 B
電話：(852) 2137 2338　傳真：(852) 2713 8202
電子郵件：info@chunghwabook.com.hk
網址：http://www.chunghwabook.com.hk

發　　行　香港聯合書刊物流有限公司
香港新界荃灣德士古道 220-248 號
荃灣工業中心 16 樓
電話：(852) 2150 2100　傳真：(852) 2407 3062
電子郵件：info@suplogistics.com.hk

印　　刷　美雅印刷製本有限公司
香港觀塘榮業街 6 號海濱工業大廈 4 樓 A 室

版　　次　2025 年 3 月初版

規　　格　特 16 開（230mm × 150mm）

ISBN　978-988-8912-71-1